슬프지 않은 척
아프지 않은 척
혼자여도 괜찮은 척

어른인 척

슬프지 않은 척
아프지 않은 척
혼자여도 괜찮은 척

어른인 척

이진이 글·그림

위즈덤하우스

잘해야 한다.
뒤처지면 안 된다.
열심히 해야 성공한다.
네가 안 되는 것은 노력 부족이다.

이런 말들 속에서 지쳐 힘들어 하는 나를 보고
이제는 말한다.

늦어도 괜찮다.
성공보다 중요한 것은
행복이다.

오래전 스물여섯 살 때 직장을 그만두고 프리랜서를 선언하던 그 당시, 나는 많이 지쳐 있었다. 지방에서 서울로 올라와 스스로 생활비를 벌어야 했던 그때. 하지만 회사는 어려움에 처했고 몇 달의 월급이 나오지 않았고 마이너스 통장이 늘어만 갔다. 회사는 다른 회사로 넘어갔고 다시 운영되었지만 밀린 월급은 끝내 나오지 않았다. 나는 마음을 먹었다.

그래. 이참에 일을 그만두면 이제 남의 그림이 아니라 내 이야기, 내 그림을 그려보자.

그것이 내 글과 그림의 시작이었다.

그리고 13년의 시간이 흘렀다. 나는 또다시 힘들어하고 있었다. 그동안 홈페이지와 블로그를 운영하면서 나도 모르게 몸도 맘도 많이 지쳐 있었는지 글도 그림도 한 줄도 더 쓸 수 없었다. 아니, 쓰고 싶지 않았다. 휴식 시간을 갖자고 생각은 했지만 실행에 옮기기까지는 힘이 들었다. 홈페이지를 운영하면서 책도 쓰고 다이어리도 만들고 나름대로 열심히 활동했었는데……. 어쩌면 지금의 판단이 이 모든 것의 마지막은 아닐까? 언젠가 후회하지 않을까 하는 생각에 마음을 먹고도 몇 달을 고민했었다.

결국 2년 동안 나는 홈페이지와 블로그를 닫고 쉬는 시간을 가졌다. 다시 하겠다, 언제까지 쉬겠다, 그런 계획도 없었다. 아무것도 하지 않았다. 물론 남편이 있어 가능한 일이었다. 신기하게도 쉬고 나니 새로운 그림을 그리고 싶어졌다. 13년간 홈페이지에서 떠들다 보니 더 이상 땅을 파도 할 말이 없을 거라 생각했는데……. 쉬는 동안 하고 싶은 말도 생기고 쓰고 싶은 글도 생기고 그리고 싶은 그림도 생겼다.

누구에게나 쉼은 필요하다고 생각한다. 나는 항상 무언가를 시작하기 전에 쉼이 있었다. 그것이 누군가의 눈에는 움츠림으로 보일 수도 있고 누군가의 눈에는 후퇴로 보일 수도 있고 위태로워 보일 수도 있겠지만 같은 날의 반복 속에 다른 시작이 존재할 수 있을까? 자존감이 유난히 낮은 편인 나는 누군가에게 인정받지 못한다고 생각하면 불안하고 뒤처진다고 생각되어 견딜 수가 없었다. 그래서 늘 열심히 살았고 쫓기듯 살았다.

잘해야 한다.
뒤처지면 안 된다.
열심히 하면 성공한다.
네가 안 되는 것은 노력 부족이다.

이런 말들 속에서 지쳐 힘들어하는 나를 보고 이제는 말한다.
슬퍼도, 아파도, 외로워도 괜찮은 척하지 말자고, 그렇게 어른인 척하지 않아도 된다고.

늦어도 괜찮다고.
성공보다 중요한 것은 지금의 행복이라고.

나와 같이 생각하고 힘들어하는 분들에게 이 책이 작은 쉼이 되어주면 좋겠다.
내 글과 그림을 보고 작게나마 힘을 내준다면
더할 나위 없을 것 같다.

차 례

프롤로그 006

Part 1
연습해서
덜 아플 수 있다면

Part 2

저 뒤에는
무엇이 있을까?

Part 3

처음
살아보는 오늘

Part 4

인생을 바꾸는
작은 용기

Part 1

연습해서
덜 아플 수 있다면

모 든 것 의
시 작

누군가를 설득하기 이전에
가장 먼저 이해시켜야 하는 것은 나 자신입니다.

누군가를 감동시키려면
가장 먼저 나 자신을 감동시켜야 합니다.

누군가를 이기려 하기 이전에
가장 먼저 나 자신을 이겨야 합니다.

누군가를 사랑하기 이전에
가장 먼저 나 자신을 사랑할 줄 알아야 합니다.

흔들리는 나 자신 위에 세운 모든 것은
모래성과 같습니다.

잊지 마세요.

모든 것의 시작은
나 자신입니다.

100%는 없다

햇빛은 비타민 D를 생성해서
구루병, 충치, 골절을 예방해주고
면역력을 증강시켜주지만
기미와 주름을 생기게 한다.

커피는 집중력을 향상시키고 노화를 방지하지만
위염과 불안장애를 일으키기도 한다.

사랑은 둘이 함께하기에 외롭지 않게 하지만
둘이기에 더 외롭게 하고

일상의 행복은 시련이 있어야만
그 가치를 깨닫게 된다.

사람도 인간관계도 행운도 악운도

세상 어느 것 하나도
100% 나쁘기만 하거나
100% 좋기만 한 것은 없다.

주름

기미

주름

비타민D

비타민D

기미

비타민D

선 생 님 이
틀 렸 어 요

나는 공부를 그리 잘하지는 않았다.
숙제를 빼먹은 적은 한 번도 없지만
그렇다고 상위권에도 올라가본 적은 없는,
'저 아이가 우리 반이었어?' 할 정도로
조용하게 지내는 학생이었다.

고등학교 1학년과 3학년 때
같은 선생님이 담임이셨다.
남자 수학 선생님이셨는데,
사실 나는 수학은 포기했었다.

1학년 때 문학회에 가입해서
열심히 활동하는 나를
담임선생님은 공부 아닌 다른 일에 열중한다고 못마땅해 하셨다.

모든 아이들에게 그러셨다.
공부 못하는 아이에게 너는 공부를 못하니까
시집을 잘 가는 것 빼고는 할 수 있는 게 없구나,
미술부 아이에게 너는 공부 못하는데
그림이라도 잘 그려서 다행이구나,
그렇게 농담 반 진담 반으로
비꼬아 말하는 걸 즐기셨던 분이었다.

3학년 수학 시간.
선생님이 내주신 문제를 나는 풀지 못했다.

나는 그날 선생님이 하신 말씀을 똑똑히 기억하고 있다.

"문학회인지 뭔지 글 쓰러 다닌다더니
애 다 망쳐놨네."

나는 지금 네 번째 책을 쓰고 있다.
어쩌면 고등학교 때 내가 글 쓰며 생각했던 많은 것들이
지금 도움이 되고 있을지도 모른다 생각하니
선생님께 딱 한마디 하고 싶어졌다.

누구를
만나느냐

살면서 누구를 만나느냐에 따라
인생이 달라질 수도 있어.

파리 주위에 있으면
변소 주변이나 어슬렁거릴 거고
꿀벌 주위에 있으면
꽃밭을 함께 다니게 된다잖아.

드라마 〈미생〉 중 오차장의 대사

······나는
파리일까?
꿀벌일까?

일 곱 살 의 나 에 게

네 탓이 아니야.
네 탓이 아니란다.

일어날 일들은 어떻게든 일어나게 되어 있어.
네가 화상을 입은 후 엄마와 아빠는 더 자주 말다툼을 하셨겠지.
아빠는 술을 드시고 우는 날이 많아지셨고
엄마는 때로는 화를 내고 때로는 미안해 하시겠지.

그렇다고 그게 네 탓은 아니란다.

살다보면 내가 막을 수 없는 일들이 생겨나.

그런 일들은 누구의 탓도 아니란다.
그건 그냥 일어난 일일 뿐.
지나가는 일일 뿐.
아무것도 아니란다.
아무 힘도 없는 것들이란다.

어쩌면 긴 터널 같은 시간을 보내게 될지도 몰라.
그렇지만 힘내.

그 시간이 지나고 나면
너는 너를 좋아하는 친구들을 만나게 될 거야.

조금 더 용기를 내렴.

눈이 나빠 칠판 글씨가 보이지 않으면 손을 들고 이야기하렴.
"선생님. 칠판이 잘 안 보이는데 앞자리로 바꿔주세요."
눈이 나쁜 건 네 잘못이 아니란다.

친구들이 너에게 "팔이 왜 그래?"라고 물으면 이렇게 설명해주렴.
"이건 뜨거운 물이 닿아서 생긴 거야. 이젠 아프지 않아."
친구들은 처음 보는 흉터가 궁금해서 묻는 것뿐이란다.

모르는 것이 있으면 선생님께 이야기하렴.
"선생님. 한 번 더 설명해주세요. 이해가 잘 안 돼서요."
그건 부끄러운 게 아니란다.

다 지나가는 과정이란다.
이다음에 어른이 되면 웃으면서 떠올릴
추억일 뿐이란다.

다 잘 될 거란다.
행복해질 거란다.

나는 너니까.
내가 하는 말들을 믿는다면
네 자신을 믿어보렴.

나는 지금 행복하단다.

너는 곧 그렇게 될 거란다.

Good
Luck!

돌아가고 싶은 나이가 있는 것처럼
돌아가기 싫은 나이도 있잖아요?

〈시간여행자의 아내〉라는 영화에서,
시간여행을 할 수 있게 된 주인공의 딸이
아빠가 돌아가시던 해의 자신에게 가서
곧 아빠가 떠날 거라고 알려주는 장면을 보았어요.

어린 자신을 위로하는 그 장면을 보면서
아, 그럼 참 좋았겠다 하는 생각을 해봤어요.

살다보면 그야말로 '사고'라는 것들을 겪게 되잖아요.
그럼 사람들은 원인을 찾아 자책하기가 쉬운데
솔직히 따져보면 사고에는 가해자가 없어요.
나쁜 결과를 예상하고 원해서 법을 어긴 게 아니라면
대부분은 우발적으로 생긴 일들이니까요.

저도 어리긴 했지만 제가 한 실수에 대해서
자책을 많이 했던 거 같아요.

그 당시에는 솔직히 아프다라는 느낌 외에
내가 앞으로 어떤 일들을 겪게 되거나 마음고생할 거란 예측이 없어서
그해가 힘들었다거나 그렇지는 않았어요.
하지만 그후, 긴 터널 같은 마음고생의 시작점이 그때였던 거 같아요.

그래서 만약 잠깐이라도 돌아갈 수 있다면
그때의 나에게 가서 그런 말을 해주고 싶었어요.
네 탓이 아니란다.

아무도 그런 말을 해준 적이 없거든요.
물론 제가 자책하고 있다는 것도 다른 사람들은 몰랐겠죠.
저 스스로도 잘 몰랐으니까요.

이랬더라면, 또는 저랬더라면, 안 그랬더라면……
그런 생각들은 별 도움이 안 되는 거 같아요.

엄마가 병원 선택을 잘못해서 아이가 고생을 했다거나
내가 운전을 잘못해서 가족을 다치게 했다거나……

그런 것들은 그냥 '사고'일 뿐이니까요.
잘못되길 원한 게 아니니까요.

혹여 어떤 일로 인해 자책하는 분들이 계시다면

당신 잘못이 아니랍니다.

일곱 살의 어렸던 나는
내가 눈이 나쁜 것도 내 잘못이고
사고로 학교를 많이 빠져 공부를 잘 못 따라 갔던 것도 내 잘못이고
아이들이 내 흉터에 대해 궁금해 하는 것도
내가 뭔가를 잘못해서라고 생각했던 거 같아요.
사고가 아니라 그저 잘못이라고 생각했던 것 같아요.

저같이 생각하는 아이가 없기를 바랍니다.
당신 잘못이 아니랍니다.

나 이 먹 으 면
알 게 되 는 것 들

나이를 먹으면 알게 되는 것들이 있다.

나쁜 사람이 소설이나 영화에서처럼
어느 날 갑자기 감동을 받아 착한 사람이 되는 일은 없다는 것을.
사람은 쉽게 변하는 존재가 아니라는 것을.

99%의 노력과 1%의 재능을 가지고도 안 되는 것들이
때로는 재력 한 가지로도 쉽게 얻어진다는 것을.

머리 똑똑한 가난한 집 자식보다는
수천만 원짜리 족집게 과외를 듣는 머리 나쁜 아이가
더 높은 점수를 받을 수도 있다는 것을.

'내일부터 할 거야' 하며 미루던 모든 일은
내일이 되어도 못한다는 것을.

사랑하는 사람과 헤어지면 죽을 것 같아도
결국 밥 잘 먹고 그럭저럭 살게 되리라는 것을.

좋아하는 일을 직업으로 삼을 확률은 희박하다는 것을.
좋아하는 일도 일로 하게 되면 싫어질 수도 있다는 것을.

아무리 열심히 노력하고 철저하게 준비한 일이라 해도
꼭 기회가 오고 행운이 따라주는 것은 아니라는 것을.

그러나 나이를 먹으면 또 알게 된다.

기회도 행운도 준비되지 않은 사람 앞에서는
그냥 지나간다는 것을.

3년째
못 입고 있는
스키니

다이어트는 원래
내일부터 하라고
있는 거야

확 률

친구들은 항상 내가 혼자 살 것 같다고 말했지만
나는 친구들 중 가장 빨리 결혼했다.

잠이 많아서
일찍 출근하는 일은 하기 힘들 거라 했던 친구는
매일 아침 7시에 문을 여는 카페를 하고 있고

절대 누구 가르칠 성격은 아니라던 우리 친오빠는
수학학원을 하고 있으며

한 살 때 큰 사고를 당해서 갔던 병원에서는
나를 살릴 수 없을 거라며 데려가라고 했지만
나는 지금 이렇게 나이 먹어가고
이렇게 글을 쓰고 있다.

그렇게 될 거라고 예상했던 일들은
그렇게 되지 않을 확률이 더 높다.
그러니까 세상이 나를 어떻게 평가하고
어떻게 예측하든 너무 신경 쓸 필요는 없다.

잘될 거라는 말에 너무 자만할 필요도
안 될 거라는 말에 미리 포기할 필요도 없다.

확률은 그저 숫자일 뿐이니까.

잠이 많아 오전 10시 이전에
일어나본 적 없는 친구가
아침 7시에 문을 여는
카페 사장이 될 확률

10%?

말보다 주먹이
먼저 나가는 오빠가
수학선생님이 될 확률

23%?

병원에서 가망 없다고 했던 아기가
어른이 되어 글 쓰고 그림 그리고
잘 살고 있을 확률

5%?

세상이 그렇게 될 거라고 했는데
그렇게 되지 않을 확률

: 알 수 없음

나 는
믿 지 않 는 다

나는 믿지 않는다.
신은 이겨낼 수 있는 만큼의 시련만 준다는 말을
나는 믿지 않는다.

두 번의 큰 화상을 입은 나에게
많은 사람들이 이렇게 말했다.

"신은 사람에게 이겨낼 수 있을 만큼만 시련을 준다"고.

나는 말이 되지 않는다고 생각했다.
과연 신이, 너는 이겨낼 수 있을 거야 하며
그 뜨거운 가마솥에 돌이 갓 지난 아이를 빠뜨렸을까?

이 세상에 대해서는 또 어떠한가.
태어나자마자 죽어가는 아프리카의 아이들은?
시련을 이겨내지 못해 자살하는 사람들은?
설명이 되지 않았다.
나는 신이 그렇게 잔인하다고 생각하고 싶지 않았다.

나는 나름대로 이렇게 정리했다.

신은 전 세계를 돌보기에는 너무 바쁠 거라고……
아니면 죽은 이후 영혼들을 돌보기에도 너무 바빠
세상일에는 전혀 관여하지 않는 것일 거라고…….

그런데
요즘은 이런 생각을 한다.

시련을 이겨내라고
일부러 나를 뜨거운 물에 빠뜨린 것이었어도 좋으니
제발 세상일에 관여해주셨으면…….
기적이란 게 있었으면…….

신이 있다면
제발 그걸 보여줬으면…….

내 려 놓 기

나는 킬힐을 정말 사랑하는 사람이었다.
친구들이 어떻게 그걸 신고 걸어 다니냐고 할 때도
나는 12센티미터 힐을 신고도 뛰어다녔다.

그리고 친구에게 조언도 했다.

"힐을 신어야 다리가 더 이뻐 보이는 거 몰라?
언제까지 땅에 붙어 다닐 거야?"

평생 킬힐만 신고 다닐 줄 알았던 나였는데
디스크가 생기고 관절염이 생기면서
운동화가 하나씩 늘어나기 시작했다.

친구는 장난처럼 말한다.
"평생 안 내려올 것처럼 그러더니 너도 드디어 내려왔구나."

나는 어쩔 수 없이 내가 좋아하는 킬힐을 내려놓기로 했다.

예전에는 미처 몰랐다.

관절염으로
내려놓기를 배우게 될 줄은.

오해

오해는
뜨개질 할 때 한 코를
빠뜨린 것과 같아서
처음 잘못 떴을 때 고치면
단지 한 바늘로 해결된다.

요한 볼프강 폰 괴테

쳐 다 보 지 않 게
하 는 법

TV 프로그램 〈순간포착 세상에 이런 일이〉에
펜을 잘 돌리는 소년이 나왔다.
그의 현란한 손놀림에 사람들이 모두 탄성을 질렀다.

사실 소년은 어렸을 때 화재로 인해
몸 여기저기 화상을 입었다.
그런데 펜을 돌릴 때만큼은 사람들이
화상 입은 자신의 얼굴이 아니라
펜 돌리는 손을 쳐다봐서 좋다고 한다.
그 덕분에 펜 돌리기 대회에서 우승도 했다고 한다.

나도 어렸을 때 화상으로 덮인 왼팔을
아이들이 쳐다보는 게 싫어서
붕대로 감고 다녔던 적이 있었다.
그게 오히려 더 눈에 띄었던 거 같은데…….

차라리 만화를 더 열심히 그려볼걸 하는 생각을
이제야 해본다.

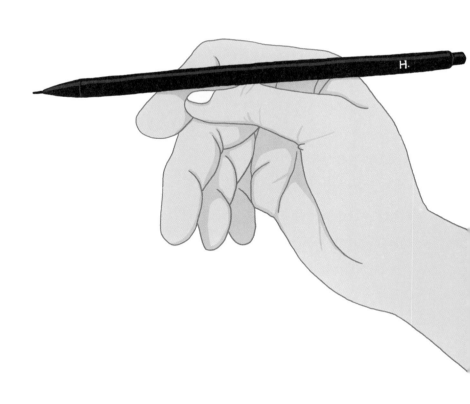

멀 리
뛰 기

다른 사람들에 비해 유난히 당신 스스로가 작아 보인다면
당신은 지금 자라고 있는 것이고

지금 당신이 두렵다면
당신은 무언가를 잘하고 싶어 하는 것이며

스스로가 답답하게 느껴지기 시작했다면
당신은 지금
스펀지처럼 빨아들일 준비가 되어 있는 것이다.

당신 자신이 움츠려들었다 해서
너무 힘들어 하지 말기를…….

그것은 단지 멀리 뛰기 위한 준비 동작일 뿐이니까.

마음이 힘들 때
사람은 가장 많이
발전하는 법이다.

다른 사람에 비해
유난히
내가 더 작아 보이고
보잘것없어 보인다면
나는 지금
자라고 있는 것이다.

같이 울걸

고등학교 3학년 때 우리 언니는
난소 종양으로 한쪽 나팔관 절제 수술을 받았다.

언니는 덤덤하게 수술 날짜를 기다렸다.
여장부 스타일이었던 엄마도 수술 별것 아니라며
아무렇지 않게 말씀했기에
나는 정말 아무것도 아니라고 생각했다.

수술 이틀 전 새벽 1시.
엄마는 화장실에서 소리죽여 울고 계셨다.

그날 새벽 1시.

언니는 이불 속에서 울고
나는 화장실을 바라보며 마루에서 울고
엄마는 화장실에 앉아 울었다.

같이 울걸 그랬다.

출 발 선

어떤 사람들은 3루에서 태어났음에도 불구하고
자신이 3루타를 쳤다고 생각하면서
인생을 살아간다.

배리 스위처

더 가지고 태어났다고
자신이 이룬 것도 아닌 것을 보이며
잘난 척할 필요도 없고

덜 가지고 태어났다고
내가 그렇게 만든 것처럼
위축될 필요도 없습니다.

그렇게 생각하는 사람들이 많으니 '갑질'이란 게 생겨나는 거겠죠.
어렸을 때부터 당연히 누리며 살았으니 말이에요.
그래도 그건 알아야죠.
그게 본인이 이룬 건 아니라는 걸요.

저희 엄마는 항상 언니나 저의 친구들을 집에 데려와 놀게 했어요.
저희 집은 그다지 자랑할 만하지 않았거든요.
지붕도 두 번이나 무너진 적이 있고,
천장에서는 쥐랑 고양이가 달리기를 하는 그런 집이었는데,
저희는 다행히도 별로 부끄러워하지 않았어요.

친구들도 곧잘 데려와서 놀았고요,
또 놀리거나 뭐라고 하는 친구도 없었어요.
물론 다른 친구들 집에 가보면 비교도 되었죠.
그래도 편하게 놀 수 있는 우리 집을
친구들은 참 좋아해서 자주 놀러왔어요.
그게 중요한 거죠.

요즘도 학교에서 설문조사 하는지 모르겠네요.
집이 자기 집이냐, 전세냐 또는 아파트냐, 주택이냐
그런 거 왜 물어보는 걸까요?
그게 아이들 가르치는 데 도움이 되나요?
아버지 직업도 쓰게 했는데, 우리 오빠는 거기다가
'노가다'라고 쓴 적도 있었어요.

아, 몰랐는데 저도 '갑'이더라구요.
출판사와의 계약서를 다시 찾아보았는데,
작가가 '갑', 출판사가 '을'이더군요.

여러분, 저 갑입니다.

그 아이 이야기

그 아이는 엄마가 둘이라고 했다.
어렸을 때 새엄마가 집안일을 시키며
학교에도 못 가게 했다고 한다.

아이가 커서 결혼했을 때
친엄마는 그제야 같이 살자며 찾아왔단다.
어려운 살림에 입만 하나 더 늘어난 셈이었다.

아이는 작은 일에도 친엄마에게 화를 냈다.
아이는 해준 것 없이 짐만 되는 엄마가 원망스러웠다.

친엄마도, 새엄마도,
누구 하나 아이를 보듬어주는 이 없었고
그 긴 시간은 고스란히 원망으로 남았다.

세월이 흘러
아이의 친엄마가 몇 달을 앓다가 세상을 떠났다.

아이는 어쨌든 마지막까지 최선을 다했다.
고마운 거라곤 낳아준 것밖에 없는 엄마지만
그렇게 엄마를 떠나보냈다.

나는 어렸을 때 엄마가 왜 그렇게 할머니에게 모질게 대하는지
이해할 수가 없었다.
그래서 오히려 할머니 편에서 엄마를 원망하기도 하고

그만 좀 하라며 화를 내기도 했다.

세상에서 제일 크고
세상에서 제일 무섭고
세상에서 가장 따뜻했던 울 엄마가
이제야 그저 안아주고 싶은
상처 많은 아이로 보이는 나이가 되었다.

나는 엄마가 다음 세상에도 울 엄마가 되어주길 바라지는 않는다.
단지 다음 세상에는 정말 좋은 엄마 만나서
아주아주 많은 사랑과 이쁨 받으면서
행복하게 살았으면 좋겠다.

나 돌아갈래!

그거 하나 후회되더라

스무 살 되던 해.
내가 좋다던 그 애.
내가 친구로 지내자고 했더니
그럼 가장 친한 친구여야 한다고 조건을 달던 그 애.

결국 나는 그 아이에게 상처를 주고 우린 헤어졌다.
몇 달 후 우연히 길을 가다 다른 여자아이와 길을 걷는 그 애를 보고
쿵 내려앉은 내 심장소리를 들었지.

연락하고 싶었지만 언니가 말렸더랬다.
다시 연락해서 그 아이 상처주지 말라며.
몇 달을 그렇게 뒤늦게 깨달은 내 마음 부여잡고 울면서 보냈다.

세월이 흘러서 잊혀질 줄 알았다.
하지만 누가 나에게 어린 시절로 돌아가서
뭘 하겠냐 묻는다면

달려가서 그 아이 잡을 거라고 말하고 싶다.

그 아이 다시 만나 결혼하겠다는 것도 아니지만
단지 살아보니 그런 마음,
평생에 몇 번 안 되는 거 알기에
스무 살 어린 시절 내가 놓쳤던 그 마음.

지금에 와서도 그거 하나 후회되더라.

그 아이를 처음 만난 건 고2 때였어요.
꽤 오랜 시간 알고 지냈고, 지나고 보니 추억이 꽤 많아요.

점심시간에 저희 학교로 와서 지나가던 아이에게
저 좀 불러달라고 해서 온 학교가 난리 난 적도 있었죠.
여학교에 남학생이 왔으니 말이에요.

저를 바래다주겠다고 자율학습 끝나는 시간에 맞춰서
버스 정류장에서 저를 기다리기도 했어요.
언제 올지도 모르면서. 휴대전화도 없던 시절의 인내심이란, 참.

그 아이는 엄마랑 살았는데 갈등이 있었던 것 같아요.
어느 날은 벽을 쳤는지 주먹이 깨져서 저를 찾아왔어요.
그 상처에 연고를 발라주었죠.
마음이 외롭던 때에 제가 의지가 되었나봐요.

그 시절에는 왜 그랬는지 모르겠는데
고백을 받으면 일단 뒷걸음질쳤던 거 같아요.
부담스럽기도 하고 나쁜 짓 하는 것 같기도 하고.
학생은 공부가 우선이야, 뭐 그런 생각도 있고
중요한 시기에 상대방 인생 망치고 싶지 않았던 마음도 있었던 것 같고…….

우연히 안경을 벗어 닦는 저를 보고
눈이 예쁘다고 말해주었던 아이였어요.
또 단발머리보다는 짧은 커트머리가 잘 어울린다며 좋아했구요.
순정만화의 한 장면 같네요.

솔직히 그때 사귀었다고 해도
곧 헤어지는 건 시간 문제였을 거예요.

이상하게 저는 그 후에 만났던 첫사랑은 지금 별로 궁금하지 않은데
이 아이는 늘 궁금해요.
어떻게 살고 있는지, 얼마나 변했는지.

보통 사람의 일생을 80세로 봤을 때,
평균 서른 살쯤 결혼한다면,
스무 살 넘어 한 사람이 제대로 연애를 할 수 있는 시기는
고작 10여 년.
그중 우리가 누군가를 만나 설렐 수 있는 시간은 몇 년이나 될까요?

놓치지 않았으면 좋겠어요.
그런 소중한 기회가 온다면
망설이지 말았으면 좋겠어요.
후회할 일을 만들지 않았으면 좋겠어요.

모든 방법을 동원해 최선을 다해서 사랑하라고 말하고 싶네요.
부딪치고 깨지고 원망하고 맘 졸이고 미친 듯이 사랑하라고.

시간이 지나서 후회하고 싶지 않으면요.

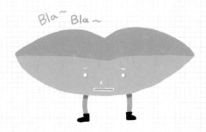

연습해서
덜 아플 수 있다면……

감수성이 예민한 조카 때문에 언니가 걱정을 한다.

엄마와 아빠가 싸우는 걸 한 번도 본 적이 없는 조카가
어느 날 친구 부모님이 다투셨다는 이야기를 듣고
충격을 받은 모양이라고,
자극에 대해 면역이 없는 것 같다며 걱정을 한다.

그런 면에서는 나는 정말 면역력 짱이다.
엄마, 아빠가 선견지명이 있으셨는지
종종 다퉈주셨기 때문이다. 😊

농담 삼아 형부랑 종종 조카 앞에서 싸우라고 말했지만,
인생이, 연습해서 덜 아플 수 있다면
얼마나 좋을까?

안아주는 것만으로도 면역력이 올라간다고 하니
아마도 부모가 자식에게 줄 수 있는 최고의 면역제는
많이 안아주는 것이 아닐까.
거기에 사랑한다고 말해준다면 금상첨화.

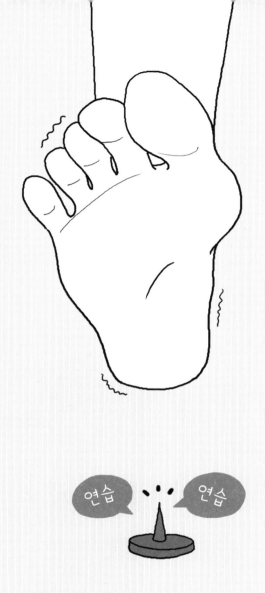

너 하나쯤은
모르고 살아도 괜찮다

우리가 아이 없이 살 것 같다고
엄마에게 처음 말씀드렸을 때,

안 된다고,
그래도 아이는 있어야 한다고
강경하게 반대할 줄 알았던 엄마가
조용히 딱 한마디 하셨다.

"그래, 괜찮다.
너 하나쯤은 모르고 살아도 괜찮다."

의외로 엄마는 덤덤했고 나는 눈물이 났다.

우리 엄마, 많이 힘들었나보다.
두 번이나 뜨거운 물에 빠진 딸내미 살려내느라,
그 힘든 거 행여 내가 또 겪을까봐,
안타깝기보다는 안심이 되었나보다.
정말 힘들어서 나에게는 겪게 하고 싶지 않았나보다……

이런 생각이 들어
마음이 또 아프고

아팠다.

'언젠가'라는
위험한 말

언젠가 부모님 모시고 해외여행 가고 싶어.
언젠가 우리 함께 펜션 운영하면서 같이 늙어가자.
언젠가 우리 모두 성공하면 같이 봉사활동하자.

'언젠가'라는 말 뒤에는 항상
조금은 불가능한
조금은 멀리 있는
조금은 하기 힘든 일이 붙는다.

조금만 낮추고 조금만 당기면
'언젠가'라는 말과 함께 사라질 그 일들이
당장 이번 주말에도 할 수 있는
현실이 될 수 있지 않을까?

우리는 이미 알고 있으니까.
'언젠가'는커녕
내일도 어떻게 될지 모르는 게 인생인 걸.

오늘이

그 '언젠가'일지도 모른다는 걸…….

오늘이
무슨 날인데?

언젠가……
오늘은 '언젠가'야.

이 름 표

작년에 혼자 끄적이며 그리다 만 만화가 한 편 있다.
제목은 "꽃다운 나이 37세".
내용은 37세 싱글녀의 이야기로,
꼭 결혼하고 아기 낳고 그렇게 살아야 하느냐에 대한 질문 같은 것.
'꽃다운 나이'가 꼭 17세일 필요는 없지 않을까 하며
생각해낸 제목이었다.

그러면 안 되는 건가?

꽃다운 나이 37세
어떤 실수도 용서되는 나이 38세
돌도 씹어 먹을 나이 39세
질풍노도의 시기 40세…….

내 맘대로 이름 붙여본다.

40대 중반 여자 연예인의 기사에 이런 제목이 붙었다.
"나이도 잊은 환상적인 몸매 비결!"
나이 못지않게 자기 관리 잘하는 것 같아 좋아 보였는데

이런 댓글들이 달려 있다.
"요즘은 나이 먹은 것들이 참 많이도 설친다."

한마디 해주고 싶다.

더
용감한 사람

우리는 TV에 나오는
히말라야 정상에 오른 유명 산악인을 보면 감탄하고
높은 절벽길을 아슬아슬하게 건너는 여행가를 보며
용감하다고 하지만

우리는 가끔 잊는다.

그들의 모습을 찍기 위해 무거운 카메라를 들고
더 위험한 곳에서
그들을 앞질러 가서 찍으며
뒷걸음으로 걷고 있는

카메라맨이 있다는 것을……

찌 찌 뽕 !

누가 봐도 아줌마인 며느리가 시어머니에게
나이 드는 게 싫다며 투정을 부린다.

"병원에 갔더니 의사 선생님이 저더러 아주머니라고 하는 거 있죠!
환자분이라고 부를 수도 있는데
왜 꼭 아주머니라고 부르는지…….
이젠 누가 봐도 아줌마인가 싶어서 우울해지더라구요."

누가 봐도 할머니인 시어머님이 무릎을 치시며 동조하신다.

"시장에 가면 나를 꼭 '할머니' 하고 부르더라.
아줌마라고 해도 되는데,
좋은 말 놔두고 왜 할머니야?
할머니보다 더 싫은 말이 뭔지 아니?
'어르신'이야. 내가 왜 어르신이야?"

아, 어머님도 할머니란 말이 싫으시구나.
한 번도 생각해보지 못했다.
여자는 나이 상관없이 누구나
어려 보이고 싶은 마음이 있나보다.

"어머님, 찌찌뽕!"

마음은 스무 살 동갑인 며느리와 시어머니였다.

이 런 사 람

말을 잘하는 사람보다
말을 잘 들어주는 사람

농담을 잘하는 사람보다
재미없는 농담에도 잘 웃어주는 사람

요리를 잘하는 사람보다
맛없는 요리도 맛있게 먹어주는 사람

자신으로 가득 채운 사람보다는

남이 들어와 앉을 자리를

늘 비워두는 사람을

사람들은 더 좋아하기 마련이다.

저런 사람

사팔뜨기 같아.
하하하하하하

나 재미있으려고
상대방 약점으로 농담하고

너 수학여행비
없는 것 같아서
엄마한테 말했더니
울 엄마가 대신 내주신대.
걱정하지 마.

내 맘 편하자고
상대방 자존심 상하게 하는 도움을 주고

너희 부모님
이혼하셨다며.
네가 그래서
연애를 못하는 거 같아.

. . .

상대방에게 상처 되는 말을 하고선
나는 솔직하다고 스스로 평가하는 사람

세상이 뒤집어져도

나는 옳다고 생각하는 사람.

상대방의 세상을 볼 줄 모르는 사람.

제대로 된 사람이 옆에 있을 턱이 없다.

뒤 늦 은
진 화

넉넉하지 못한 집이 참 원망스러웠다.
내 잘못으로 다치고도,
어린 아이가 다치면 다 엄마 책임이라며
내 상처만으로도 아플 엄마에게
채찍 같은 말을 던졌다.

공사장에 나가시던 아빠가 집에서 쉬시던 날,
다리가 아프다며 주물러달라 하시면
차라리 안 들어오셨으면 하고 바랐던 적이 있다.

학기마다 휴학 이야기를 하셨던 엄마에게 짜증이 났다.
아르바이트도 하고 장학금 받으려고
남들 술 마시고 노는 시간에도 악착같이 공부했는데
내 대학생활은 이게 뭐냐며 원망하기 바빴다.
엄마가 신용불량자가 되신 줄도 몰랐다.

엄마처럼 살지는 말아야지,
아빠 같은 남편은 만나지 말아야지 생각했다.

좋은 사람을 만나 결혼을 했다.

1년에 꼬박 네 번씩 시댁 모임을 챙기면서
1년에 한 번도 친정에 가지 못했다.

그러는 사이
엄마와 아빠는 나이를 드셨다.
왜……
우리 엄마와 아빠는 늘 그 자리에 계실 줄 알았던 걸까.

처음으로 잔주름 가득한 엄마를 보았다.
머리에 하얗게 서리 내린 아버지를 보았다.

그리고 태어나 처음으로
이제야 이런 생각이 들었다.

강해져야겠다고…….

엄 마
마 음 1

태어나서 처음으로 도둑맞았다.
누군가 우리 차 문을 열고 들어간 것이다.

통에 모아둔 동전들과 무릎담요가 없어졌다.
내비게이션과 블랙박스는 그대로였다.
아마도 어린 학생 짓이 아닐까 싶었다.

피해는 적었지만 좀 찝찝했다.

세상 무섭구나, 조심해라 하실 줄 알았던 시어머님이
측은해 하시며 말씀하셨다.

"그 동전 좀 훔치겠다고
그놈도 참 떨었겠다."

어머님 눈에는 도둑 이전에
누군가의 자식이 먼저 보이셨던 모양이다.

알 고
있 었 다

알고 있었다.
그날이 그를 보는 마지막 날임을.
이별을 말하지도 않았고
평소와 똑같이
집에 도착하면 연락하라고
말했지만 알 수 있었다.
이제 볼 수 없겠구나.

세월이 흘러,
돌이킬 수 없을 만큼 흘러,
내가 결혼을 앞두고 있다고 했을 때
그가 말했다.
"그때 조금만 더 날 기다려주었더라면
난 아마 너에게 돌아갔을 텐데……."

알고 있었다.
쓸쓸하게도
내가 기다렸다 해도
그런 일은 일어나지 않을 거란 걸…….

세월이 흘러 나이를 먹고 보니
정말 알겠다.
죽었다 깨어나도
우리 인연은 거기까지라는 걸…….

달 라 지 길
원 한 다 면

같은 날의 반복에서는 다른 것이 나올 수가 없다.

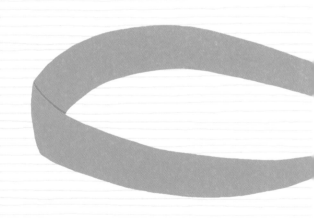

내 버 려 두 기

가끔은 저기 널린 빨래처럼
바람에 몸을 맡기고
흔들리면 흔들리는 대로
나를 내버려둘 줄도 알아야 한다.

반 성 합 니 다

누군가는 그랬다.
무언가를 이루기 위해 해야 할 첫 번째는 건강관리라고.
건강이 따라주지 못하면 꿈도 소용이 없다며…….

72세 할아버지 절도범에 관한 기사를 보았다.
이 할아버지는 도둑질을 하기 위해
하루도 빼지 않고 몇 시간씩 운동을 해서
경찰에 검거될 당시
젊은이 못지않게 온몸이 근육질이었다고 한다.

절도범만도 못한 나의 건강관리…….

반성합니다.

Part 2

저 뒤에는
무엇이 있을까?

불 가 사 의

내 맘인데 왜 내 맘대로 안 되지?

난 항상 일하는데 왜 돈이 없지?

난 항상 다이어트하는데 왜 살이 안 빠지지?

왜
그런지
모르
겠다.

어른인
척

슬프지 않은 척
아프면서 아프지 않은 척
힘들면서 힘들지 않은 척
모르면서 다 알고 있는 척
다 알면서 모르는 척
질투나지 않는 척
혼자가 익숙한 척
다 괜찮은 척

어른인 척.

이제
어른놀이
하기 싫다······.

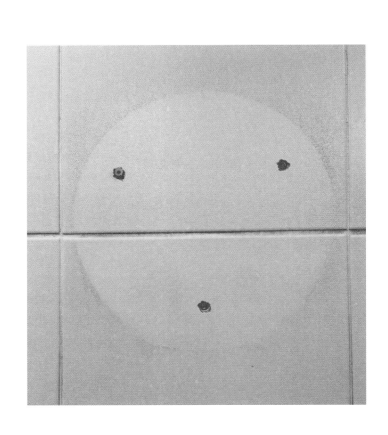

당신은 어떤 사람?

공중화장실 벽면에 있는 자국을 보고

벽면 자국 따위 신경 쓰지 않는 사람
휴지걸이가 걸려 있었나보네 추측하는 사람
제대로 좀 지우지, 흉하다! 하는 사람
사람의 얼굴을 닮았네 하며 웃는 사람

당신은…
어떤 사람?

제가 다니는 신경과가 있는 건물 화장실에 이런 자국이 있어요. 마치 사람 얼굴 같아서
찍어두었죠.
사람은 자기가 생각하고 느끼는 만큼의 인생을 사는 거 같아요. 꼭 많이 느끼는 게 좋은
건 아니겠지만 이왕이면 예쁜 세상을, 긍정적인 세상을 살면 좋잖아요. 때로는 작은 것
도 그냥 지나치지 않고 소소한 재미를 찾는 그런 삶을 사셨으면 해요.

고 정 관 념

엄마는 혈액형이 B형인 친오빠를 보며 늘 이야기했다.

"B형 남자들은 바람둥이야.
너도 이다음에 조심해!"
"B형들이 좀 이기적이지."
"B형들이 자기 맘대로 하는 게 있어.
넌 딱 B형 성격이야."

그런데 몇 년 전 종합검진에서
반전의 결과가 나왔다.

오빠의 혈액형이 사실은 O형이라는 것이다!

억울한
O형 남자

헉

B형 남자는 나쁜 남자일 거라는,

환경미화원 아저씨는 가난할 거라는,

그림을 그리거나 글 쓰는 사람은 예민할 거라는,

고양이는 물을 싫어할 거라는,

나는 아마 못할 거라는,

고 . 정 . 관 . 념.

자신에 대한
선입견

난 핑크가
정말 안 어울려.
내가
제일 잘 알지 않겠어?

그대!

🌸 핑크에는
🌺 핫핑크도 있고
🌷 인디언 핑크도 있고
🌸 베이비 핑크도 있고
🌺 코럴 핑크도 있다.

그 모든 핑크가 어울리지 않기란 힘든 일이 아닐까.

때로는 스스로를 잘 안다는 것이
또다른 나를 못 보게 만들기도 한다.

친구의 남친

사랑하는 친구가 꼭 내 마음에 드는 사람을 만나는 것은 아니기에
간혹 친구의 그 사람이 나쁜 놈처럼 보일 때
나는 선택의 기로에 서게 된다.

바른말을 해줄 것이냐,
듣기 좋은 말을 해줄 것이냐.

그 사람은 아닌 것 같다고,
헤어졌으면 좋겠다고,
네가 아깝다고 백 번 말하고 싶지만…….

나는 알고 있다.

한번 시작된 사랑은
나의 몇 마디로 접을 수 있는 그런 것이 아니란 것을.
내가 그렇게 말하는 순간 내 친구는,
그나마 의지할 수 있는 작은 어깨도 잃게 된다는 것을.
더 외로워진다는 것을.

이럴 때 내가 해줄 수 있는 최고의 정답은

그저 들어주는 것.
외롭지 않게 옆에 있어주는 것.

사실대로 말하기 어려운 상황이 종종 있죠.

소질이 없어 보이는데 그 일을 너무 좋아하는 것 같아서
포기하라고 하지 못할 때도 있고,
안 어울리는 옷만 입는 것 같은데도 말하지 못하고,
솔직하게 "네가 잘못했네"라고도 말하지 못하죠.

어떤 일의 결말이 빤히 보여서 안 된다고 말렸지만
결국 밀어붙이고 예상했던 결과를 얻었다고 해도
거기서 "그것 봐, 내가 뭐라고 했어?"라고
말하면 안 되겠죠.

그런데 가끔은 스스로도 아닌 것 알면서,
마음이 마음처럼 안 되니까 위로받고 싶어서
이야기할 때가 있잖아요.
이야기를 들어주는 저는 그럴 때
그냥 응원하는 쪽을 택할 것 같아요.
실패와 상처도 경험이니까요.
본인도 상처보다 더 중요한 무엇인가가 있기에
그런 결정을 내린 것일 수도 있으니까요.
세상일에는 정답이 있는 것도 아니고
나의 판단이 정답인 것은 더더욱 아니니까요.

가장 친한 친구 두 명이 아직 결혼을 안 했는데
부디 좋은 사람 만나기를 바라고 있어요.
꼭 결혼은 하지 않더라도
저는 연애는 많이 하면 좋다고 믿거든요!

생 각
빼 기
걱 정

편두통	—	편두통이 오래가면 어쩌지 편두통이 또 오면 어쩌지 내일도 아프면 어쩌지
배우고 싶은 걸 배울 때	—	잘 못하면 어쩌지 돈만 쓰면 어쩌지 금방 그만두면 어쩌지
고백할 때	—	차이면 어쩌지 다시는 못 보면 어쩌지 후회하게 되면 어쩌지

어떤 상황이든 계획은 세우되 걱정은 너무 많이 하지 말자.
쓸데없는 생각을 줄이는 연습을 하자.
걱정해서 해결될 건 없으니까
조금은 가벼워지자.

걱정해서 걱정이 없어지면 걱정이 없겠네.

- 티베트 속담

한 번쯤은

내 뒤꿈치를 밟고도 사과도 없이 지나가는 여자 때문에 화가 난다.

사람들을 가득 싣고 내려오는 에스컬레이터 앞에 버티고 서서
휴대전화를 확인하는 아줌마 때문에 화가 난다.

버스에서 벨소리가 정말 크게 울리는데도
받기 싫은 전화가 왔는지 쳐다만 보는 아저씨 때문에 화가 난다.

엘리베이터에서 타러 오는 사람이 보이는데도
잽싸게 문 닫고 올라가버리는 할머니 때문에 화가 난다.

길 잘 모르는 택시 기사님을 만나
요금이 평소보다 5천 원이나 더 나와서 화가 난다.

그런데
한 번쯤은 그런 생각을 해본다.

까톡!
까톡!

취업에서 또 떨어진 그녀는
내 발뒤꿈치 따위 생각할 여유가 없었을지도 모른다.

딸의 성화에 처음으로 메시지를 주고받는 것을 배운 아줌마는
확인하는 것조차 힘들어서 그곳이 에스컬레이터 앞인지
어디인지 생각할 겨를이 없었을지도 모른다.

실직했다고 차마 고백하지 못한 아저씨는
집에서 걸려오는 아내의 전화에 만감이 교차해
그저 처다볼 수밖에 없었을지도 모른다.

치매가 온 할아버지를 혼자 두고 나온 할머니는
빨리 올라가야 한다는 생각에
누군가를 기다려줄 마음의 여유가 없었을지도 모르고

처음 택시 운전을 하게 된 기사님은 헤매느라 손님에게 죄송해도
사납금 빼면 남는 것도 없기에
차마 깎아주겠다 말도 못 꺼냈을지 모른다.

길에서 만나는 수많은 사람들.
누구 하나 아무 일 없이 하루를 보내는 사람이 없다.

알고 보면
누구에게나 사정이 있고 이야기가 있다.

한 번쯤은
그렇게 생각해 볼 때가 있다.

나는 박쥐일까?

나쁘지 않으면서 착하지도 않은,
불의를 보면 못 참지만 깡패에게 덤빌 배짱은 없는

담배는 싫지만
담배 피우는 학생에게 피우지 말라고 말할 용기는 없는

빈티지를 좋아하지만 드레스를 싫어하지는 않고
가끔은 드레스를 입고 싶어 하지만 바비 스타일은 아닌

부모님을 사랑하지만 부모님을 믿지는 못하고
나는 믿지 못하면서 나를 믿어주길 바라는

나를 찬 사람은 나쁜 놈이었다 말하지만
내가 찬 사람은 여전히 나를 좋아해주길 바라는

싫은 건 죽어도 못하면서 좋아하는 건 섣불리 시작하지 못하고
내가 못하는 건 신중해서 그런 것이지만
남이 시작 못하는 건 판단력이 떨어져서 그런 거고

누군가를 평가하고 비난하길 좋아하면서
비난 받을라치면 도망갈 구멍을 만들어놓는 나…….

어중간한 자세로 늘 한 다리를 걸치고 있는
나는 박쥐일까?

이왕이면
배트맨이라 불러줘.

고양이만도
못한 친구

고양이 다섯 아이와 함께 사는
몇 안 되는 친구,
아직 결혼하지 않은 그 친구가 푸념처럼 말한다.

"요즘은 너무 외롭고 왜 사나 싶고 그래.
우리 냥이들 다 떠나면 나도 콱 죽어버려야지."

그냥 외로워서 하는 말임을 아는데……
그냥 해보는 말임을 아는데……

그 말을 듣는 순간
나도 외롭다.

속으로 묻는다.

"나는 네 고양이만도 못하냐?"

남자는
누구나

남자가 말했다.
"모든 남자가 그럴걸요.
결혼해도 남자는 누구나 혼자 있을 시간이 필요해요."

"그럼 그냥 결혼 안 하고 연애만 하면서
자유롭게 살면 되잖아요."

"그건 그렇지 않죠. 결혼이 주는 안정감이 있으니까요."

남자는 안정감과 혼자 있을 시간을 찾게 되고
여자는 그로 인해 불안함을 찾게 되는 것이

결혼이란 건가? 생각했다.

이런 이야기 참 많이 들었던 것 같아요.
"남자는 혼자만의 시간이 필요해."

그게 참 그래요.
남자랑 여자랑 만나서 사랑하고
헤어지기 싫어서 결혼하고
그렇게 오래오래 붙어 있다보면 어느 순간에는
혼자만의 시간이 필요해지고…….

그 시간이 남자에게만 필요한 것도 아니죠.
여자에게도 필요하겠죠.
그런데 그런 이야기를 하게 되는 것 자체가
저는 좀 서글픈 것 같아요.

남편 회사에도 그런 분이 있대요.
집에 가면 아기 봐야 하니까,
힘들고 시끄러우니까 일부러 야근하는 그런 분이요.
문득 그런 생각이 들었죠.
24시간 아이에게 붙어 있어야 하는 엄마는
언제 숨을 쉴까.

그래도 요즘은 공동 육아도, 집안일 분담도
잘 하는 분들 많더라구요.

그렇게 맞추어가면 된다고 생각해요.

외롭지 말자고 하는 결혼인데
서로 때문에 더 외로워지면 의미가 없잖아요.

내가 뭔가를 얻기 위해서가 아니라
두 사람 모두 다 행복할 수 있을까 고민해봐야 한다고 생각해요.

진 짜   인 연

회사를 옮긴 친구가 말한다.
"이 회사 정말 좋아. 사람들도 좋고
야근도 많지 않은 것 같고
연봉도 지난 회사보다 높고.
다 맘에 들어, 다~~."

그리고 3개월 후.
"그럼 그렇지. 전에 다니던 회사가 나았어…….."

아무리 눈부신 후광을 보이는 사람과 만나도
몇 개월이 지나면 단점이란 것이 보이기 시작한다.
아무리 좋아 보이는 회사에 가도 3개월 뒤면
사표 쓰고 싶어지는 보통 회사가 된다.

흔히 집과 회사와 사람은 인연이 따로 있다고 말한다.

그러나
집도 회사도 사람도
어느 날 광채를 띠며 엄청난 우연으로
내 앞에 나타나기를 바라지만

어쩌면……

지금 내가 사는 집
내가 다니고 있는 회사
내 옆에서 10년 넘게 함께하고 있는 사람들……
그들이 나의 진짜 인연이 아닐까.

가장 오래 내 옆에 남아 있는 것들……
진짜 인연이기에 가능한 것이 아닐까?

5년을 함께한
내 운동화
이것도
소중한 인연이겠지?

길 들 이 기

☆

나의 성격은 참 불같았다.
그리고 급했다.

해야 할 일이 눈앞에 있으면 다른 일을 못했다.
하늘이 무너져도 해버려야 했다.
내 원칙에 어긋나는 꼴을 못 봤다.
그래서 나 자신조차도 그 원칙에서 벗어나면 용서가 되지 않았다.
내가 아끼는 사람이 내 원칙에서 벗어나면 화를 냈다.
나에게 그건 다른 것이 아니라 틀린 것이었다.
화낼 일이 참 많았다.
때로는 내 성질에 못 이겨 눈물을 흘렸다.
내 주변 사람들은 그런 나를 참 버거워했다.
내 말에는 가시가 많았고 그 가시에 찔린 사람은 나를 멀리했다.
한마디로 나는 참 어려운 사람이었다.

나와 전혀 다른 세상에 사는 사람을 만났다.

이상했다.
내가 화를 내도 함께 흥분하지 않았다.
혼자 실컷 화를 내다가 내가 심했나 싶어 쳐다보면

짜증이라고는 없는 얼굴로 내 머리를 쓰다듬으며
"오빠가 힘들게 해서 미안해" 그랬다.
내가 흥분할 때마다 "힘들었겠다" 하며 머리를 쓰다듬었다.
함께 따지지 않았다. 설득하려 하지도 않았다.
함께 말싸움을 하지도 않았다.
한결같은 얼굴로 나를 쳐다보고 기다렸다.

서서히 내 마음 한구석에도 공간이라는 것이 생겼다.
생각할 공간. 숨 쉴 공간. 주위를 둘러볼 공간.

화내는 일이 많이 줄어들었다.
나를 안쓰럽게 쳐다보는 그 눈빛이 싫지 않았다.
쓰다듬는 그 손길이 나쁘지 않았다.
길들여지는 것이…… 좋았다.
그 눈빛이 항상 나에게 하는 그 말이 나를 안심하게 했다.
"어떤 말을 하고 어떤 행동을 해도
나는 네 옆에서 떠나지 않을 거야."

나는 그저
누군가 나를 떠날까봐
그게 두려웠던 모양이다.

각자의 입장

어렸을 때 내가 막내라는 것에 대해 불만이 많았다.
온갖 심부름은 당연히 내 차지였고
늘 두 살 위의 언니가 입던 옷을 물려받았다.
외아들이자 장남인 오빠는
우리가 누리지 못하는 모든 것을 누리고 살았다.

대학 시절에 언니를 보고 내 생각은 많이 바뀌었다.
언니는 공부를 잘했지만 오빠 대학 등록금 때문에 실업계고등학교에 갔고
취업해서 받은 월급은 또 고스란히 내 대학 등록금에 보태야 했다.
언니는 중간에 끼어서 자기 것 하나 갖지 못하고 뺏기기만 했다.

오빠 역시 우리 생각처럼 다 누리고 산 것은 아니라고 했다.
맏이라는 이유로 늘 기대와 책임감에 눌려 있었다.
그림을 좋아해서 미대에 가고 싶었던 꿈도 접고
부모님이 원하는 대학과 학과에 가야 했다.

우리 삼남매도 각자의 입장을 자세히 들여다보면
그냥 보이는 것과는 달랐던 것 같다.

작은 집안의 삼남매도 이렇게 각자의 입장이 다른데
세상 어느 누구에 대해 잘 알지 못하면서 함부로 말할 수 있을까?

세상 누구도 그 사람의 입장이 되어보기 전에는
모르는 것이다.

언제나
좋은 나이

서른의 나는 김광석의 〈서른 즈음에〉 노래를 참 좋아했다.
마치 내 주제곡인 양 그 노래를 들으며
맞아 맞아 그랬다.
청춘이 지나간 양,
하루하루 똑같은 날을 보내는 양,
다시 좋은 날은 돌아오지 않을 것처럼……

마흔하나에 돌아보니
그렇게 한창인 나이 서른에
늙은이처럼 굴었던 내가 우습다.
〈서른 즈음에〉 노래는 지금도 좋다.
그것을 '마흔 즈음에'라고 바꿔도 이상할 것 하나 없이
여전히 즐겨 듣는다.
나는 마흔하나에 비로소
청춘이 지나간 양
하루하루 똑같은 날을 보내는 양,
좋은 날들이 정말 지나간 것처럼
우울해 한다.

쉰하나의 내가
지금의 나를 보고 웃겠지?

점점 더 멀어져간다
머물고 있는 청춘인 줄 알았는데

비어가는 내 가슴속엔
더 아무것도 찾을 수 없네

_ 김광석, 〈서른 즈음에〉

즐 기 는 법

하고 싶은 게 있으면 바로바로 배우러 다니는 편이라
캘리그라피도 배우러 다녔고
바리스타 학원도 다녔고
비누 만들기도 배웠고
이탈리아 요리도 배우러 다녔다.

그런데 문제는 늘 배우면서 즐겁지가 못하다는 것.

자꾸 주변을 둘러보고 비교하게 되고
남들보다 못하면 우울해지고
잘해야 한다는 압박감에 시달린다.

시험을 보러 온 것도 아니고 학점을 받는 것도 아닌데
그냥 하고 싶어서 하러 온 것뿐인데…….

나,
즐기는 법을
잃어버린 게 아닐까?

엄마들의
모순

고등학교 때까지 나는 엄마에게 늘 살 빼라는
잔소리를 듣고 살았다.
많이 뚱뚱한 것은 아니었으나
비슷한 키에 40킬로그램을 겨우 넘는 언니가 너무 마른 탓에
온갖 구박을 받았다.

그런데 엄마들은 이상하다.
살 빼라고 해놓고
밥 굶는 꼴은 못 보신다.

나 살 뺄래.
밥 안 먹어.

맞고 먹을래?
그냥 먹을래?

빨리 시집가라며 늘 잔소리하시던 친구 엄마는
친구에게 남자친구가 생겼다고 하자
없던 통금시간을 만드셨다고 한다.

출근인 듯
출근 아닌
출근 같은

남편 회사 과장님 한 분이 이틀 동안 휴가를 내셨다.
항상 카풀을 하시던 분인데
휴가 중에도 아침에 나오셔서
직원들을 회사까지 태워주셨다고 한다.

나는 감탄하며 말했다.
"우와, 휴가인데 일부러 회사까지 왔다가 다시 집으로 가셨다고?"

그런데 남편 설명은 이랬다.
"그게 아니라, 집에다 휴가인 것은 비밀로 하시고
출근하는 척 나오셨다가
밖에서 혼자 시간 보내셨다는데……."

그렇게 혼자 보내는 시간에 대단한 걸 한 것도 아니고
PC방도 가고 영화도 보고 그러셨다고…….

함께해서 행복하라고 하는 결혼인데
왜 결혼하면 다들 불쌍해지는지 모르겠다.

혼자 살면 행복했을까?

안 좋은 버릇

언제부터인가 누군가에게 짜증이 나도
대충 넘기는 버릇이 생겼습니다.
마음이 너그러워져서도 아니고
넘어갈 만큼 그 사람을 사랑해서도 아니고
대충 넘겨도 될 만한 일이어서도 아닙니다.

그저
내가 말한다고 그 사람이 달라질 것도 아닌데
신경 쓰는 내가 싫어서였습니다.

아무 노력도 하지 않고
부딪치지도 않으면서

늘 깊은 인간관계가 없다며 투정부리는
나를 반성합니다.

왜 내 마음에는
아무도 안 들어올까?

거 지
아 니 면
대 통 령

대통령 아니면 거지가 된다는 일자 손금을 가진 선배와
결혼 못 하는 손금을 가진 내가
지하철에서 서로의 손바닥을 보고 있었다.

"오빠는 지금 대통령이야? 거지야?"
웃고 말았다.

선배는 전시디자인회사를 운영하며
평범하게 잘 살고 있고
나는 결혼한 지 13년이 되었다.

간혹 운명을 바꾸기 위해
손금 성형을 하는 사람도 있다는데

사실
손금대로 살기가 더 어렵다.

나에게 묻는다

사람들은 저만치 달려 나가는데
나만 자꾸 뒤처지는 기분이 들었다.
뭐든 해야 할 것 같은 불안감…….

그러다 나에게 묻는다.

너는 저 사람들을 따라가기 위해,
단지 뒤처지지 않기 위해 사느냐고…….

제가 20대 때 이런 생각을 많이 했던 것 같아요.
전공을 바꿔서 다시 공부 시작 하는 친구를 보면,
그게 맞는 건가…….
대기업에 취업한 친구를 보면,
내가 뒤처지는 건가…….
내가 뭘 하고 싶은지에 대해 생각할 겨를이 없고
다 길을 알고 가는데 나만 모르는 기분이었죠.

비슷한 고민을 하고 계시다면 이렇게 이야기하고 싶네요.

오래 살지는 않았지만,
인생 전체를 봤을 때 남들이 말하는 '순간의 성공'은 의미가 없더군요.
결국 순간순간 행복해하며 살 수 있는 자기 일을
조금이라도 빨리 찾는다면 그게 정말 성공한 삶이 아닌가 싶어요.
내가 행복한 게 성공한 거죠.

혼자 사는 세상이 아니다보니 자꾸 주변이 보이고
주변을 보다 보니 휩쓸려가게 되고
비교하게 되고 작아지게 되고
그렇게 어쩔 줄 몰라 하며 한 해가 가고 두 해가 가고.

살다가 나도 모르게 뫼비우스의 띠처럼 뱅글뱅글 돌고 있는 느낌이 들 때면
스스로에게 한 번씩 물어보는 것도 좋은 거 같아요.

나는 지금 제대로 살고 있는 건가?

싸움의
법칙

어쩌다 쉬는 일요일에
네 생각해서
피곤함에도 불구하고
빨래 돌리다 섬유린스 하나
빼먹었다고 치자.
그게 그렇게 욕먹을 짓이야?
섬유린스는 몸에도 안 좋다고
텔레비전에 나오는 거 못 들었어?
그래서 내가 섬유린스 대신
구연산 넣으라고 몇 번을 말했어?
네가 게을러서 안 산 거 아냐.
너는 뭐 하나 시켜도
제대로 하는 것도 없으면서
내가 하나 잘못하면
기다렸다는 듯이 뭐라고 하더라.
그리고
버튼 하나 누르면 되는 걸
굳이 날 시켜서
이렇게 기분 상하게 해야겠어?
빨래가 뭐가 힘들어?
세탁기가 하지
네가 빨래 하니?

빨래 해준다더니
섬유린스
빼먹었네.
해줄 거면 제대로 좀 하지.

128

결국은 말발 센 사람이 이긴다.

꿈과 행복은
꼭 함께하지는 않는다

매번 베스트셀러를 발표해야 하는 잘 나가는 소설가보다
소설가가 꿈이었으나 헌책방을 운영하고 있는 아저씨가
더 행복할 수도 있다.

화려한 무대에 서서 노래하면서도 늘 인기에 연연하는 가수보다
노래방만 가면 어떤 일도 성사시키는
노래 잘하는 영업부 김대리가 더 행복할 수도 있다.

다큐멘터리를 찍는 거장 카메라 감독보다
카메라 감독이 꿈이었으나 내 아이의 24시간을 찍는
평범한 직장인 아빠의 일요일이 더 행복할 수도 있다.

꿈이 꼭 직업이 되어야 하는 것은 아니다.

꿈을 이루었다고 해서 꼭 행복해지는 것은 아니라고 한다.

신은 우리가 꿈을 이루었는지에 대한 것보다
우리가 행복한가에 대해 더 많은 관심을 가진다고 한다.

내가 지금 잘 살고 있는지 알고 싶다면
스스로에게 물어보라.
"나는 꿈을 이루었나?"가 아니라

"나는 지금 행복한가?"

지 금 은
모 른 다

그 사람과의 이별로 죽을 것 같은
지금은 모른다.
그것이 진짜 인연을 만나기 위한 헤어짐인지.

어쩔 수 없이 사표를 쓰게 되는
지금은 모른다.
내가 정말 하고 싶은 일을 할 수 있는 회사를 다니기 위해
꼭 던져야 하는 사표가 될지.

사고로 인해 야구를 그만 두어야 하는 아마추어 선수는
지금은 모른다.
그가 이다음에 세계 최고의 작가가 될지.

지금은 알 수 없다.
인생 전체에서 봤을 때
당신이 어떤 선택을 했는지.
그 선택만 봐서는
절대 알 수 없다.

지금은 모르는 것이다.
그러니 그 하나만 보고 너무 슬퍼할 필요는 없다.

모퉁이 뒤에

무엇이 있는지는

가봐야 안다.

지금 하나의 선택으로

너무 절망하지 말기를…….

같은 이유

연애 초

누가 날 이렇게
챙겨주는 건
처음이에요.

성격이 정말
쿨하시네요.

꽁하는 사람 싫은데
참 솔직하시네요.

그 사람을 좋아하게 되는 이유와
그 사람을 싫어하게 되는 이유는 같다고 한다.

시간이 흐른 후

헤 어 지 자 는
말 을 못 해 서

바쁘면 전화를 못 할 수도 있지.
하루에 전화 몇 번 했는지 세고 있냐?
너 좀 질리려고 해.

머리가 그게 뭐냐?
다른 여자들처럼 좀 예쁘게 하고 다녀.

기념일 꼭 챙겨야 해? 넌 뭐 받고 싶어서 나랑 사귀냐?
자기는 내가 좋아하지도 않는 케이크 같은 거 만들어주면서…….

친구들이랑 약속 있어.
시끄러우면 전화를 못 받을 수도 있지.

결혼한 것도 아닌데 마누라처럼 잔소리 해야겠어?
너 이러는 거 집착이야.

남 주 기 는
아 까 워 서

지금 남자친구랑은 안 맞아서 헤어지려고.
근데 난 혼자 있는 거 잘 못하는데…….

넌 참 여자친구처럼 편하고 나랑 잘 맞는 것 같아.

남자친구보다 더 가까운 그냥 친구 하자. 어때?
남자친구한테 못한 말도 너에게는 할 수 있을 것 같아.

소개팅 한다고?
너도 다른 남자들이랑 똑같구나.
너 여자친구 생기면 이젠 내가 불러도 안 오겠네.

소개팅 안 갔어? 가지 말라고 한 말은 아닌데…….

우리는 그냥 친구 사이니까
같이 여행 가도 걱정 없겠다. 그치?

넌 내 남자친구보다 더 가까운 유일한 친구야.

세상에서 가장 잔인한 고문을 하고 있는 당신.
희. 망. 고. 문.

몇 살부터

단골 죽집에 한동안 못 간 게 미안해서
다른 길로 멀리 돌아서 다니고는 한다.

지하철에서 옆 사람이 졸면서 기댈 때
밀어내면 그 사람이 민망해 할 게 미안해서
그냥 참는다.

6개월째 다니던 한의원.
병이 안 낫는 게 미안해서
다 나았다고 거짓말하고
다른 한의원으로 간다.

나는 몇 살 때부터 이렇게 살았던 걸까?

우 리 가 잃 은 것 들

극장에 가는 대신 휴대전화로 영화를 본다.

해가 질 때 멋진 노을을 보는 대신
휴대전화로 몇 시인지 확인한다.

반찬 만드는 법을 알기 위해 엄마에게 전화하는 대신
휴대전화로 검색을 한다.

짜장면을 배달시키기 위해 전단지를 찾기보다는
휴대전화 앱을 켜고

버스를 기다리는 시간도 길다 싶어
휴대전화로 버스 도착 시간을 확인한다.

휴대전화는 많은 것들을 해주는데
나는 여유가 생기기보다는 예전보다 더 조급해졌다.

어쩌면
스마트폰은 편리한 세상을 주고
여유와 낭만을 빼앗아간 것 같다.

가장 큰 장애물

잘하는 사람을 보고 제일 먼저 드는 생각.
노력해서 잘 해야지 하는 생각보다 먼저 드는 생각.
가장 큰 장애물은 언제나 그 생각.

돌고 도는 인연

남편의 사촌형님 딸은 나와 나이 차이가 얼마 나지 않아
조카지만 친구처럼 지냈다.
그 조카에게 나는
과 선배를 소개해주었다.
두 사람은 결혼했고
과 선배는 나의 조카사위가 된 것이다.
결혼 과정에서 아주버님 댁의
반대가 심하기도 했다.
그런데 사람 일은 정말 한 치 앞을 모르나보다.

몇 년 후,
아주버님은 간암 발병으로 간 이식을 받아야 했다.
하지만 가족들 모두 부적합하다고 판정을 받았고,
오직 딱 한 사람, 선배만이 가능했다.
선배는 장인을 위해서 흔쾌히 자신의 간 70퍼센트를
이식해드렸고 다행히 수술은 성공적이어서
지금은 선배도, 아주버님도 모두 건강하게 지내고 있다.

대학에 입학해서 처음 선배를 만났을 때만 해도
우리가 이런 인연이 될 줄은 몰랐는데…….

이렇듯 소중하지 않은 인연이 있을까?
돌고 돌아 언제 어떤 인연으로 돌아올지는
아무도 모르는 것이니 말이다.

선배는 요즘
유치원 다니는 딸 친구들에게
수술 자국을
17 대 1로 붙어 싸우다 생긴 상처라고
뻥치고 다닌다고 한다.

괜찮아

꼭 달려야 하는 것은 아니다.
빨리 가야 하는 것은 아니다.
최선을 다해야 하는 것은 아니다.
성공해야 하는 것은 아니다.

많은 책들이, 많은 사람들이
최선을 다하라고, 열심히 하라고, 성공할 수 있다고,
뒤처지지 말라고, 실패를 두려워 말라고
또 도전하고 또 실천하고 또 해내라기에
그게 정답인 줄 알았다.

이제야 되돌아본다.
주저앉아 힘들어하는 나를 본다.

쉬어도 괜찮아.
열심히 살지 않아도 괜찮아.
한눈팔아도 괜찮아.
네가 행복하면 그런 것들도 괜찮은 거야.

죽기 전에 이런 생각하고 싶지 않아.
"내가 왜 그렇게 열심히 살았지?"

잔소리와 걱정

가끔은
말하는 사람이나 듣는 사람이나
잔소리의 시작이
걱정이었다는 걸
잊을 때가 있다.

오래된 부부처럼

몇 해 전에 친한 언니랑 술을 마시다가
아무것도 아닌 일로 다툰 적이 있다.
몇 잔 마신 맥주 때문이었는지 언니는
평소 보이지 않던 눈물을 보였고 나는 당황했다.

"언니, 내 말에 상처 받은 거 아니지?"
걱정되어 하는 내 말에 언니가 눈물을 닦더니 웃으며 말했다.
"우리가 사춘기 소녀니? 신경 쓰지 마."

안심이 되면서도 여러 가지 생각이 스친다.

10대, 20대의 나는 친구가 정말 전부였는데,
지지고 볶고 싸우면서도
울며 화해하고 너뿐이야! 를 외치며
또 붙어 다녔는데…….

40대에 들어선 우리는
말 안 해도 알고 금방 괜찮아질 거란 것도 알고
치열함도 없고 지지고 볶는 것도 없다.

사람은 다 거기서 거기라는 걸 알아버려서일까?
아니면 또 누군가를 만나 익숙해지는 것이 귀찮아서일까?

어른이 된 우리는 오래된 부부 같다.

리액션 (여)

리액션 (남)

지 금 의 내 가 되 었 다

1분의 공백도 참지 못해서 스마트폰을 여는 사람들.
언제부터인가 나도 그 속에서 기다림이란 말을 잊고 사는 것 같다.
무언가를 시작하기 전부터 결말을 예측하고
실패의 확률이 높다고 생각되면
시작조차 하지 않고 포기해버린다.

그런 나에게 익숙해진 채 시간이 흘러버렸다.
'나이는 숫자에 불과하다'는 것은
흔하디흔한 말, 마음에 와 닿지 않는 말.

쌓여가는 나이만큼 내가 못해본 일들도 쌓여만 가고
그 나이만큼 마음은 조급해진다.

돌아올 리 없는 시계만 쳐다보며 중얼거린다.
"열 살만 어렸어도…… 아니, 세 살만 어렸어도……."

안전함이, 안락함이 이렇게 큰 후회로 돌아올 줄 알았다면
이렇게 아무것도 하지 못하고 나이 먹을 줄 알았다면

미친놈 소리 한 번 듣고 미친 짓 한 번 더 해볼걸…….
바보 소리 한 번 더 듣고 바보처럼 살아볼걸…….

남들에게 싫은 소리 한 번 듣기 싫어서
안전하게만 살다가 지금의 내가 되었다.

그래서 나는……

오늘부터 미친놈이 되기로 했다.

일 상 탈 출

Part 3

처음
살아보는 오늘

나를 잊고 산다

코끼리는 어렸을 때 나무에 묶어두면
5톤이 넘는 어른 코끼리가 되어서도
그 나무에서 벗어나지 못한다고 한다.

아무리 발버둥을 쳐도 벗어날 수 없었던
새끼 때를 기억하기 때문이란다.
마음만 먹으면 나무도 뽑아버릴 수 있는
큰 코끼리가 되었는데도 말이다.

사람도 마찬가지다.

길에서 벗어나지 말라고
안전한 것이 최고라고
시키는 대로 살다보면
꿈을 잃은 채 새장 속에서 살게 된다.

내 등 뒤에
어느 누구의 것보다 크고 화려한 날개가
자란 것도 잊은 채……

이젠 면접 보러
다니기도 힘들어.
내가 그렇게
능력이 없나.

"나도 67세는 처음 살아봐요."

배우 윤여정씨가 TV 프로그램 〈꽃보다 누나〉의 마지막 방송에서 한 말이다.

뭐든 처음엔 서툴고 떨린다. 실수도 한다.

오늘도 처음 살아보는 오늘이다.

내일도 처음 살아보는 내일이다.

날마다 새롭고 날마다 서툴고 실수투성이 날들이다.

그래서 우리는 죽을 때까지

배워야 한다.

_ 하명희의 《따뜻하게, 다정하게, 가까이》 중

처음 살아보는 오늘

〈꽃보다 누나〉에서 윤여정 씨가
"나도 67세는 처음 살아봐요"라고 말하셨을 때
정말 가슴에 무언가가 꽂히는 기분이었어요.

세상은 여전히 너무너무 크고
사람관계는 여전히 너무너무 힘들고
하고 싶은 건 여전히 너무너무 많아서
스무 살의 내가 생각하는 세상살이나
마흔 살의 내가 생각하는 세상이나
설레고 무섭긴 마찬가지라는 생각이 드네요.

저보다 어린 누군가가 마흔 살은 어떤 느낌이냐고 물어보면
"당신이랑 같아요"라고 말해주고 싶어요.^^

처음 살아보는 오늘입니다.

따뜻한 말 한마디

평소 출퇴근 시간에 버스를 탈 일이 없는데
학원 가느라 아주 오랜만에 아침 버스를 타게 되었다.

지하철역에 도착하여 우르르 내리는 사람들 사이로
마을버스 기사 아저씨의 우렁찬 목소리가 들렸다.

"다녀들 오세요~
저녁에 만나요~!"

별것 아닌 그 한마디 때문이었을까.
이사 온 지 1년이 다 되어가는데
나는 처음으로 이곳이

우리 동네처럼 느껴졌다.

80세 할아버지가 대학을 다니며
배우는 게 얼마나 행복한지 모르겠다고 하신다.
100세 할아버지가 태어나서 처음으로 운전면허증을 따신다.

100세 시대.
따지고 보면 나는 반도 안 온 것일지도 모른다.

학창 시절, 해마다 써내던 그것을
마흔 살이 된 나도 올해부터 해마다 조심스레 써보려고 한다.

나의 장래희망은? 카페사장

작은 2층 건물에 1층은 카페, 2층은 살림집으로 하고
3층 옥상에는 빨래 널고 그러면 좋겠어요.

조금 떨어진 곳에 창고 같은 작업장 만들어서
취미로 하는 여러 가지 작업과 컴퓨터 작업들 할 수 있게 해두고
마당 여기저기에는 스피커랑 조명 설치해서
밤에도 음악 들으면서
지인들과 즐거운 시간 보내면 좋겠어요.

카페 바로 옆 마당에는 텐트 한두 개 설치해서
놀러온 사람들이 자고 갈수 있게 하구요.
집은 작아서 잘 곳이 없을 테니까요.

마당에는 평상도 하나 놓고
거기에서 아침에는 커피를 마시고
밤에는 삼겹살 파티도 하는 거죠.

그렇게 살 수 있는 카페 사장이 되면 참 좋겠지만
현실적으로 쉽지 않다는 것도 잘 알고 있어요.

그래도!
계속 생각하고 준비하다 보면 이루어질 수 있겠죠?

ANTI-STRESS

생 각 하 기 나 름

스트레스가 나쁜 것이 아니라
스트레스가 **나쁘다**고 생각하는 마음이
우리 몸에 나쁜 영향을 주는 것이라고 한다.

스트레스를 받으면
근육, 뇌, 심장에 더 많은 혈액을 보낼 수 있도록
맥박과 혈압이 증가하고
더 많은 산소를 얻기 위해 호흡이 빨라지며
행동할 준비를 위해 근육을 긴장시킨다.
이는 우리 몸이 위기를 인지하고 이를 이겨내기 위해
스스로를 준비하는 과정이라고 한다.

스트레스는 스트레스일 뿐인데
우리 마음이
세상 어느 칼도 뚫을 수 없는
방패가 되게도 하고
어떤 방패로도 막을 수 없는
칼이 되게도 하는 것이다.

헤어진 그 사람을 위한
솔직한 기도

좋은 사람 만나되
나보다는 못한 사람 만나게 해주시고

나는 당장 그 사람을 잊고 잘 살게 해주시고
그 사람은 결혼해서 살더라도 마음 한편에는
내가 살게 해주시고

행복하길 바라지만
나보다는 덜 행복하게 해주시고

살다가 우연히 마주치더라도
내가 엄청 예쁘게 하고 있을 때 마주치게 해주시고

나는 나이 먹을수록 지적이고 우아해지게 해주시되
그 사람은 늙은 아저씨가 되게 해주시고

이왕이면
나란 사람을 놓친 걸
평생 후회하게 해주세요.

그리고 마지막으로……

이런 마음조차 사라지도록,
무관심해지도록 도와주세요.

나쁜 시키……

나 이 마 흔 이 면

아무 일도 없는데
내가 미간을 찌푸리고 있다는 것을 알게 될 때가 있다.

나이 마흔이면 자기 얼굴에 책임을 져야 한다는데…….

흉하게 나이 먹지는 말아야지.

사실 **보톡스** 한 방이면
웃는 연습도 필요 없는 요즈음이지만……;;

잠시 물러나 있기

놓으면 죽을 것 같은 것들도 잠시 놓고

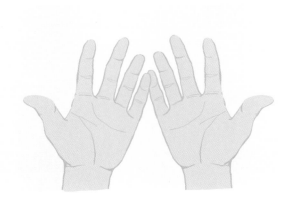

멈추면 뒤처질 것 같았던 걸음도 잠시 멈추고

잠시 물러나서 나를 보기로 했다.

다 행 이 다

예전 그 사람.
내 졸업전시회에 나 몰래 와서
나보다 큰 토끼인형과 꽃다발을 몰래 놓고 갔던 그 사람.
자기 전화만 받으라며 휴대전화도 사주고
이벤트도 곧잘 해주던 그 사람.

그 마음, 1년을 못 갔더랬다.

쌀쌀한 날씨가 봄 향기로 바뀌고
벚꽃이 피니 예전 생각이 문득 나는 요즘.

오랜만에 친구 만나고 밤늦게 들어왔더니
먼저 퇴근한 남편은
유난히 추위 타는 나를 생각해서
집에 오자마자 보일러 틀고
돌뜸을 따뜻하게 데워놨다가
내 품에 건네준다.

13년 동안 한결같은 사람.

이 사람이 내 남편이라서
다행이다.

토끼인형 따위……

칭 찬

내가 좋아하는 일본 어느 만화가의 좌우명은
"좋아해야만 잘할 수 있다"라고 한다.

그런데
아무리 좋아해도 잘할 수 없는 것이 있는 것처럼
처음에는 좋아하지 않았더라도
소질이 있어 잘하다 보니
그 일이 좋아질 수도 있을 것 같다.

싫어하던 일도 좋아하게 만들고
없는 소질도 생기게 하는 것은
바로 칭찬이 아닐까.

칭찬은
고래도
춤추게 한다.

시작할까 말까 혹은 계속 할까 말까 선택할 때
옆 사람의 칭찬은 참 중요한 역할을 하는 것 같아요.

재수하던 시절, 화실 다니면서 평생 받을 칭찬은 다 받았어요.
학창시절에 그다지 성적이 좋은 편이 아니었기에
칭찬 받을 일도 없었는데요.

그림 그리면서 칭찬도 많이 받고
칭찬받으니까 더 열심히 하고
열심히 하니까 빨리 늘었던 것 같아요.

남편과 저는 서로 칭찬을 자주 하는 편이에요.
반찬 맛있다고, 청소하느라 고생했다고,
부지런하다고, 일하느라 수고했다고,
재미있는 영화 선택했다고, 참 잘했다고,
당신 덕에 우리가 행복하게 살고 있다고……

오늘 하루, 칭찬 마구마구 날려주세요.

돈 드는 것 아니잖아요!

행복한 사람이 많은 세상

내가 다니는 한의원 선생님은
한 심리상담 프로그램에 참여하고 있다.
그곳에 모인 사람들의 꿈이자 목표는
"행복한 사람이 많은 세상을 만들자"라고 한다.

그 이야기를 듣고 나도 모르게 풋, 웃음이 났다.

"나의 꿈은 세계평화예요"라고 말하는 것 같아서.

하지만 너무나 당연한 말인데,
언제부터 웃어버리게 된 것일까?

'세계평화'는 할 말 없을 때나 하는 이야기,
'권선징악'은 동화책에나 나오는 이야기,
'착하게 살자'는 영화 속 조폭들이나 하는 이야기가 되어버렸다.

그래도 나는 그런 세상이 되리라 믿는다.

한의원 선생님이 믿고
내가 믿고
내 주변 사람들이 믿고
이 글을 읽는 사람들이 믿는다면.

모든 일은 그렇게 시작되니까.

주인공과 친한 친구

칼럼리스트 아이리스는
사랑하는 남자가 다른 여자와 약혼 발표를 하고도
자신에게 일 부탁을 하며 이용하는 것을 알면서도
거절도 못하고 상처만 받는다.

이를 알게 된 옆집 작가 할아버지 아서는
그녀에게 이렇게 말한다.

> 영화에는 여주인공과
> 친한 친구가 등장하지.
> 내가 보기에 아이리스 당신은
> 주인공감인데
> 왜 친한 친구처럼
> 행동하는 거지?

- 영화 〈로맨틱 홀리데이〉 중에서

‘인생’이란 영화 속에서
어떤 역할을 할지는 자기 자신에게 달려 있다.
주인공을 할지
친한 친구 역을 할지
지나가는 행인을 할지……

나는 내 인생이 이왕이면
다큐멘터리처럼 지루하지 않고
무협영화처럼 잔인하지 않으며
코미디영화처럼 가볍지 않았으면 좋겠다.
적당히 재미있으면서 감동도 있는
드라마였으면……
그리고 꼭 해피엔드였으면……

시련도 있을 거다.
한 방에 풀리면 재미없으니까.
그래도 하고 싶은 일은 꼭 하게 될 것 같다.
난 주인공이니까!!

당신은 당신 인생에서
어떤 영화의 어떤 역을 맡을까?

눈 치

명절을 맞아 시댁에 가던 날,
이번에 산 노란색 구스다운 패딩코트를 입고 갔다.

어머님이 밝은 색으로 잘 샀다며 물으신다.

"얼마니?"

대답했다.

"18만 원이요……."

어머님의 감탄사.
"워메~"

정적이 흘렀다.
그리고 나는 살려고 외쳤다.

"어머님, 오빠 점퍼는
40만 원이에요."

숨은 장점 찾기

성격은 급하지만
그 급한 성격이 추진력이 되어주어 감사하고

긍정이 모자라서 부정적인 성격이지만
그 부정적인 성격으로 인해
항상 준비하고 대비하는 습관이 있어 감사하고

상처를 잘 받지만
그로 인해 남이 받을 상처를 알기에
늘 조심하고 배려할 수 있어 감사하고

눈물이 많고 잘 우는 성격이기에
스트레스가 그때그때 해소되어 감사하다.

지랄 맞은 내 성격!
알고 보면 그럭저럭 장점 많은 성격!

정말 자세히 봐야
보인다는 게
함정......

나 는 필 요 한 사 람 입 니 까 ?

뭘 채워야 하지?
뭘 그려야 하지?
방향도 잡히지 않고 자신감도 없었다.
하지 말까? 1년 더 쉴까?
제대로 뭔가 만들어놓고 나서 다시 하면 안 될까?

13년을 운영하던 홈페이지를 닫고 2년의 휴식을 취했다.
다시 시작하기 위해 블로그를 만들었지만 머리는 더 복잡해졌다.
도망가고 싶은 생각에 마음만 불안하고 스트레스만 쌓여갔다.

그맘때 한 통의 전화를 받았다.
출판사 담당자였던 ●●씨의 전화.
"진이씨, 이런 책 한번 써보실래요?"

내가 웃으며 물었다.
"나의 뭘 믿고 책을 쓰자고 그래요?"
내 생각은 정리가 되기 시작했다.
뭘 해야 할지, 어떻게 해야 할지
보이기 시작했다.

나에게 가장 필요한 말을 들었기 때문에……

"당신은 필요한 사람입니다."

사람이란 혼자 사는 동물이 아니기 때문에
확실히 자존감이 떨어져 있거나 길을 잃었을 때
나를 제자리로 돌려놓는 것은 어쩌면
소속감이 아닐까 하는 생각이 들었어요.

그게 친구로서의 자리든 가족으로서의 자리든
직장에서의 자리든 말이죠.

나를 필요로 하는 사람이 있을까?
내가 할 수 있는 일이 있을까?

그냥 가볍게 주신 전화라 해도
잊지 않고 연락주신 게 감사했어요.

막 마음이 심란하고 복잡했었는데
전화를 끊고 나서 이 생각이 들더라구요.
아, 나에게 가장 필요했던 말이 이 말이었구나…….

나를 기억해주는구나,
그림을 그리며 보냈던 그 긴 시간이 그냥 헛된 건 아니었나보다,
그런 생각.

오늘 하루 주변 사람들에게
당신은 필요한 사람이라고
많이많이 이야기해주시고
또한 그런 이야기도 많이 들으실 수 있으면 좋겠습니다.

머리 청소

뽁!

탈탈탈~

뽁뽁뽁

개~운~

머릿속이 복잡할 때 집청소를 한다.
머릿속도 이렇게
털고 정리할 수 있다면 좋을 텐데…….

연애와 결혼

연애할 때는 옆에 있을 때 가장 두근거리던 심장이
결혼 후에는 옆에 있을 때 가장 안심이 된다.

연애할 때는 단점으로 보이던 것들이
결혼하면 측은하게 보인다.

연애할 때는 그 사람에게 예쁘고 멋있게 보이길 바라고
결혼 후에는 그 사람이 나를 이해해주길 바란다.

연애할 때는 선물을 받으면 감동하고
결혼 후에는 선물 받으면 가계부가 걱정된다.

연애할 때는 상대방만 보이지만
결혼 후에는 부모님도 보이게 된다.

그리고
연애할 때는 친구들과 멀어지지만

결혼 후에는 가장 친한 친구와
평생
함께할 수 있게 된다.

라면 끓여 먹을까? 콜~!!
난 캔맥주도 마실래.

며칠 전 기사에서 외국의 한 교수님 이야기를 보았어요.
결혼에 실패하지 않으려면 사랑도 중요하지만
정말 오랫동안 행복하려면
친구처럼 잘 맞는 사람과 만나는 게 중요하다고 하더라구요.

다들 아시겠지만
결혼하고 10년이 지났는데도
처음 만났을 때처럼 심장이 두근거리면
힘들어서 살겠어요.
누구는 또 사랑의 유효 기간이 3년이라고도 하죠.

물론 '의리'나 '우정'으로 사는 건
아니라고 생각하지만요.

친구 같은 잘 맞는 사람과 결혼해야 한다는 데
저도 동의해요.

드라마 〈연애의 발견〉에서
'남하진'이 '한여름'에게 청혼할 때 이런 말을 하죠.

"한여름, 내 이야기 잘 들어.
네가 하루 종일 공방에서 힘들게 일하다가 집에 돌아왔는데
말이 잘 통하고, 엄청 친한 친구가 기다리고 있어, 좋겠지?
근데 이 친구가 막차 시간이 돼도 안 가.
밤새워 놀아도 돼.

안방에서 잠을 자도 아무도 뭐라고 하는 사람이 없어.
어머니도 그게 당연하다고 생각해.
날마다 같은 집에서 잠도 자고 어딜 가도 같이 가.
그렇게 둘이 꼭 붙어 다녀도
사람들이 이상하다고 생각하지 않고
오히려 부러워 해.
난 그게 결혼이라고 생각해."

누가 내 맘에 들어왔다가 나갔나 싶게
제가 평소에 생각하던 결혼에 대한 생각 그대로였어요.
저도 이런 거라고 생각해요.
가끔은 함께 자취하는 것 같고 가끔은 함께 여행 온 것 같고.
어렸을 때 친구네 집에서 잔다고 엄마한테 허락받고
설레는 맘으로 친구랑 밤새 수다 떨며 잠자던
그런 마음으로 살면 정말 행복할 것 같아요.

그래서 저는 가끔 생기는 주변의 문제들을 빼면
남편이랑 살고 있는 지금이, 처음이나 지금이나 똑같이 너무 좋아요.
여전히 남편이 빨리 퇴근했으면 좋겠고
적게 벌어도 좋으니 하루 종일 같이 있을 수 없을까 고민하게 되고
같이 뭔가 해먹을 수 있어서 좋고
언젠가 같이 여행가자 계획 세울 수 있어 좋고
걱정할 때도 옆에 있어줘서 좋고……

이 마음이 또 앞으로 10년 뒤, 20년 뒤에도 안 변했으면 좋겠구요.

다 그 런 건 아닙니다

늦잠을 자서 아침을 거르고
라면에 소주 반 병을 즐기는,
다른 사람에 대한 배려도 별로 없고
자기가 하고 싶은 대로 하며
막 사는 사람이

때로는……

아침 6시에 일어나 조깅을 해야 한다는 스트레스
아침을 먹어야 한다는 스트레스
카페인을 멀리해야 한다는 스트레스
남에게 상처주지 말아야 한다는 스트레스
적어도 10시에는 잠들어야
피부가 재생된다는 것에서 오는 스트레스
채소를 많이 먹어야 한다는 스트레스
정해진 대로 살아야 한다는 스트레스에
시달리는 누군가보다

더 행복하고 더 건강할 수도 있다;;

위 로

종종 갖게 되는 술자리.
왠지 모르게 겉도는 느낌.
알딸딸해지면서 외로움이 느껴졌다.

지금은 두 아이의 엄마가 된,
그래서 얼굴조차 보기 힘든
오랜 친구에게
투정 섞인 문자를 보냈다.

"우리 10년 후에도 친구야?"

답장이 왔다.

"백발노인이 돼서도"

시끌시끌하고 왁자지껄한 술자리에서 얻지 못한 작은 위로를
친구의 짧은 문자에서 얻는다.

그런 우리가 좋았다

어렸을 때 엄마는 종종 일용직 일을 알아보러 다니셨다.
어느 날, 일을 얻기 위해
동사무소 앞에 줄을 서 있던 엄마.

마침 친구와 지나가던 언니를 본 엄마가
웃으면서 손을 흔들었고
그 모습을 본 언니도 웃음이 빵 터졌단다.

그 상황에서도 엄마는
엄마 옷 중에서 제일 좋은 짝퉁 무스탕 코트를 입고
멋쟁이 모자를 쓰고 계셨기 때문이다.

그런 엄마에게 언니도 크게 웃으며
손을 흔들어주었다고
나에게 이야기를 해주었다.

나는
그런 이야기를 하면서 웃을 수 있는 우리가,
연장을 들고 막일 나가시는 아버지와 버스에서 마주쳤을 때도
일용직 일을 기다리며 줄을 선 엄마와 마주쳤을 때도
아무렇지 않을 수 있었던

그런 우리가 정말 좋았다.

엄 마 는
내 꺼 !

엄마가 네 살짜리 조카를 너무 예뻐하길래
막내 근성으로 내가 던진 무리수!

"엄마! 내가 좋아? 현민이가 좋아?"

엄마가 말했다.

"이기 미친나?"
(해석 : 이것이 미쳤나?)

우리 집 커피가 질린 건가?
내가 뭘 잘못했나?

조 금
다 른
실 연

카페 단골손님이
길 건너
다른 카페 컵을 들고 지나가는 걸 볼 때마다

내 친구는 어쩐지
실연당한 기분이라고…….

인생은 소중한 선물이다

이렇게 생각하며 살라.
그대는 지금이라도 곧
인생을 하직하지 않으면 안 되는 것이라고.

이렇게 생각하며 살라.
당신에게 남겨져 있는 시간은
생각지 않은 선물이라고.

마르쿠스 아우렐리우스

좋은 사람

"열 명에게 나쁘지 않은
사람이 되기보다
한 명에게 좋은 사람이 되라."

라디오에서 들은 이야기.
별로 친하지 않은 사람에게조차
싫은 소리 듣는 걸 정말 싫어하는 나에게
꼭 필요한 말.

부 부

남자는 여자를 만든다.
여자는 남자를 만든다.

그리고 우리는

내가 변화시켜놓은 상대방을 보고
너는 왜 그렇게 사느냐며 화를 낸다.

저희 부모님은 서로 많이 좋아하셔서 연애결혼을 하셨어요.
그런데 두 분 사이가 아주 좋은 편은 아니었죠.
성격이 좀 안 맞으세요.

아빠는 다소곳하고 가정적인 여자를 좋아하고
잘한다 잘한다 하며 응원해줘야 잘하는 성격인데
엄마는 여장부 스타일에 밖에서 일하고 사람들 만나는 걸 좋아하셨어요.
칭찬에 인색하고 애교가 없는 엄마.
엄마의 기대에 못 미치는 가장인 아빠.
어렸을 때는 무작정 엄마가 옳고 아빠가 틀렸다고 생각했어요.
그런데 나이를 먹고 엄마와 아빠를
한 사람의 여자와 남자로 보게 되니까
아, 이런 부분에서 안 맞으셨던 거구나 하고
객관적으로 보게 되더라구요.
(물론 이 말을 엄마가 들으면 섭섭해 하시겠죠.)

가끔 생각해요.
엄마가 좀더 아빠에게 부드럽게 대해주고 칭찬해주셨다면
아빠는 지금과 다른 사람으로 살지 않으셨을까.
아빠가 더 책임감 있게 엄마를 끌어주셨다면
엄마가 조금은 더 행복한 여자로 살지 않았을까.

〈따뜻한 말 한마디〉라는 드라마를 보면서 생각했어요.
어차피 사람 마음을 움직이는 건
대단한 선물이나 어마어마한 월급이 아니라
서로에게 해주는 '따뜻한 말 한마디'가 아닐까.
그 말 한마디가 없어 다른 사람을 찾기도 하고
매일 싸움으로 하루하루 보내게 되기도 하니까요.

'익숙함'이란 참 위험한 단어인 것 같아요.
모든 감사함을 당연하게 만들기도 하니까요.
감사함이 당연해지면 그때부터 불만이 생기는 거겠죠.

"매일 힘들지? 오늘도 수고해~."
"사랑해."
"고마워."
"오늘 하루도 수고했어."

지금 메시지 하나 보내보세요.

나빠도 돼.
남한테 칭찬 받으려고
사는 게 아니야.

- 드라마 〈연애의 발견〉 중

나 빠 도 돼

"나빠도 괜찮아."

가끔은 가장 큰 위안이 되는 말.

살다보니 한두 번 마음에 걸리는 일들이
계속 괴롭힐 때가 있더라구요.
살다보면 의도치 않게 상처도 주고
상처도 받고 그렇게 사는 건데 말이죠.

중학교 3학년 때 처음으로 엄마한테 뺨을 맞은 적이 있어요.
성적표를 감추고 안 보여드렸다가 혼이 난 거죠.
엄마의 철칙이 "거짓말 하면 안 된다"였거든요.

엄마의 이 철칙 때문에
우리 삼남매는 참 바르게 자란 편인 것 같아요.
정직한 사람으로 자란 것은 감사한 일이지만
이런 생각을 해볼 때도 있어요.

엄마가 거짓말은 죄악이라고 너무 강조하지 않으셨더라면,
좀 더 유연하게 키우셨더라면
지금 어른이 되어 세상 사는 게 편하지 않았을까.

적당히 거짓말도 하고
너무 큰 죄책감에 시달리지 않으면서
은근슬쩍 넘어가기도 하고…….
그러면 사는 게 얼마나 쉬울까요?

결벽증에 가깝게 거짓말하지 않으려고 너무 애쓰다보니
가끔 내 마음 편하자고 진실을 말했다가
다른 사람을 괴롭히는 일도 있는 것 같아요.
아니면 필요 이상의 죄책감으로 괴로워할 때도 있구요.
인생 전체를 봤을 때 그건 좋은 일은 아니잖아요.

그러니 가끔은 이렇게 생각하는 게 필요하다는 거죠.
의외로 이렇게 말해주는 사람은 없지만요.
나빠도 돼.

사람이니까요.
칭찬받으려고 하는 게 아니니까요.

조금은 가볍게 살고 싶은 요즘입니다.

사 위 가 무 조 건 좋 은 이 유

자주 악몽을 꾸고는 해.

어렸을 때는 악몽을 꾸면 새벽에 곧잘 큰방으로 달려가
엄마를 꼭 안고 잠들었는데
자취하면서는 그럴 수 없는 거야.
그래서 악몽 꾸는 날이면 새벽에 엄마한테 전화를 했지.

잠이 덜 깬 엄마는 내가 무서운 생각 안 하도록 엉뚱한 질문들을 했었어.
"오늘 점심은 뭐 먹었노?"
"방은 안 춥나?"

결혼하면 악몽 안 꾸게 될 줄 알았는데
그렇지는 않았어.
근데 좋은 점은 생겼지.
깨워줄 사람이 있다는 거.
안아줄 사람이 있다는 거.

그래서 결론은,
엄마는 이제 새벽에 내 전화를 안 받아도 되어서
푹 주무실 수 있게 되었다는 거야.

어쩐지……
엄마는 처음부터 오빠가
무조건 좋댔어.

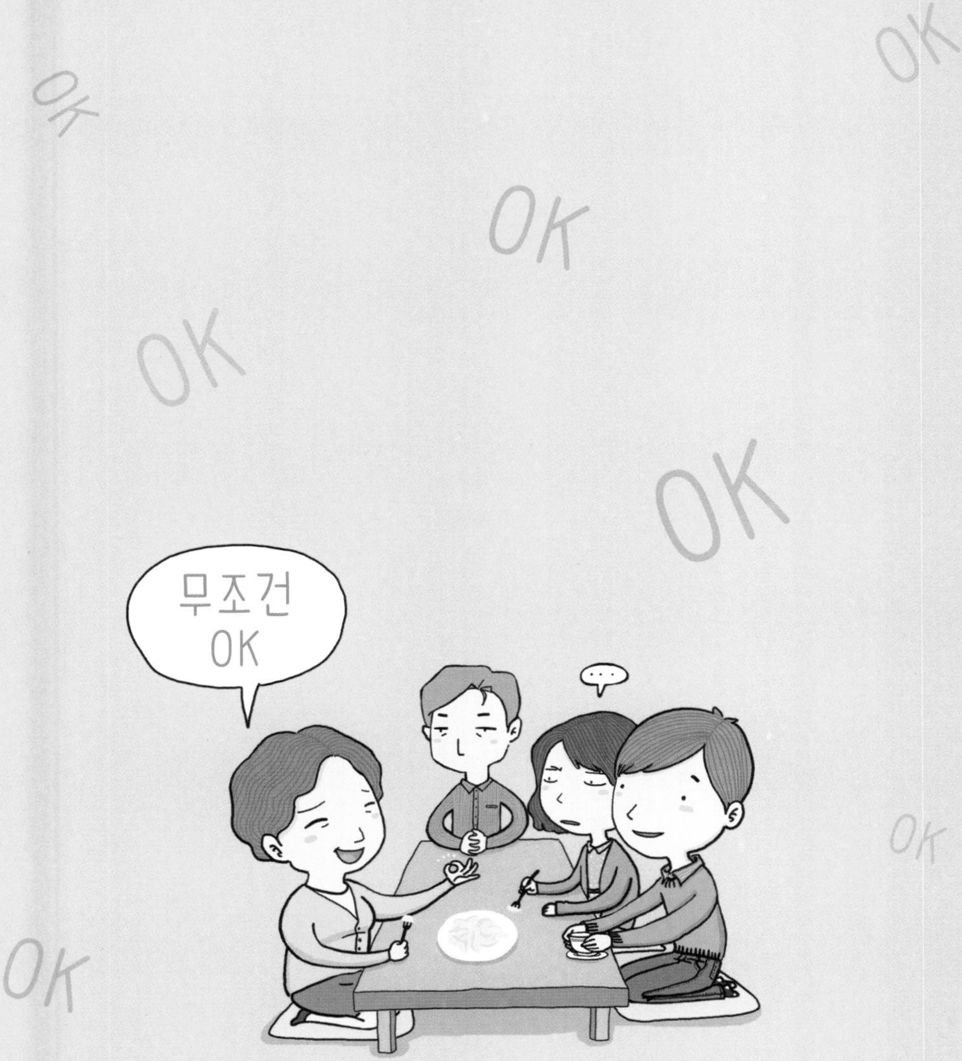
무조건 OK

Part 4

인생을 바꾸는
작은 용기

가장 나쁜 것

살다보면 후회라는 것을 할 때가 있다.
그때 좀더 열심히 했더라면…….
그때 이렇게 했더라면…….

후회가 남는다는 것은
죽도록 열심히 하지 않았다는 말도 되는 것 같다.

나의 대학 생활은 그랬다.
죽도록 열심히 하는 것 외에 다른 것이 없었다.
대학 시절로 다시 돌아간다 해도
그렇게 열심히 할 자신은 없을 정도로 열심히 했다.

살면서 일생에 한 번은…….
무엇 때문이든 후회가 남지 않을 만큼
죽도록 열심히 해봐야 하지 않을까?

누군가 그랬다.

첫 번째로 좋은 것은 성공하는 것이고
두 번째로 좋은 것은 실패하는 것이고
가장 나쁜 것은
아무것도 하지 않는 것이라고.

더 나쁜 건 자기는 아무것도 안 하면서
뭔가 시작하는 친구들 험담하기.

나이를 먹으면서 희미해지는 단어들……

절대로
죽어도
내 마음대로
하고 싶다
좋다

절대로 누구처럼은 안 살 거야.
죽어도 그건 못 해.
내 마음대로 할 거야.
하고 싶은 게 정말 많아.
이건 좋고 그건 싫어.
나는 좋고 싫은 게 확실한 사람이야.

10대의 나는, 20대의 나는 안 되는 것도 많고 싫은 것도 많고 그랬는데……
언제부터인가 희미해진다.
이해 못 할 것도 없고 다 자기 사정이 있을 것 같고
가끔은 싫은 일도 하게 되고 좋은 것도 포기하게 된다.
희미해져간다…….

여 러 개 의 방

사람 마음에는 여러 개의 방이 있는 걸까?
부모가 채워줄 수 있는 방이 있고
사랑하는 사람이 채워줄 수 있는 방이 있고
친구가 채워줄 수 있는 방이 있고
사회생활이 채워줄 수 있는 방이 따로 있어서
하나가 나머지 모두를 채워줄 수는 없나 보다.
어느 순간 어떤 방을 열었을 때 그 방이 비어 있으면
허전함을 느끼게 되는 것 같다.

기 회

**1분마다
인생을 바꿀 수 있는
기회가 온다.**

– 영화 〈바닐라 스카이〉 중에서

어린 시절 발표하기 위해 손을 들 만큼의 용기만 있다면

매일 바지 입는 사람이 어느 날
치마를 입고 나갈 수 있는 만큼의 용기만 있다면

싫은 걸 싫다고 거절할 수 있을 만큼의 용기만 있다면

딱 그만큼의 용기만 있다면
나는 지금과 전혀 다른 세상에서
전혀 다른 나로 살아가고 있을지도 모른다.

기회의 순간에 필요한 건
생명을 포기해야 할 만큼의 어마어마한 용기가 아니라
이렇게 작은 용기이기 때문이다.

불 행 의 시 작

자신감이 있으면 남의 눈치를 보지 않습니다.
남의 눈치를 본다는 것은
남의 생각이나 느낌에
매우 신경을 쓴다는 말입니다.

그런데 남이 나를 어떻게 생각하는지가
내 행동의 내비게이터가 되면

내 인생은 불행해집니다.

정도언의《프로이트의 의자》중에서

토끼와
거북이

토끼는 빠르다.
거북이는 느리다.
토끼는 마음만 먹으면 느리게 갈 수 있지만
거북이는 노력해도 토끼처럼 빨라질 수는 없다.

사람도 마찬가지란다.

토끼처럼 모든 걸 바로바로 해야 하고
빨리빨리 해결해야 하는 사람이 있고
거북이처럼 느리고 천천히 하는 사람이 있다.

이때 거북이처럼 느린 사람이
하루아침에 빨라질 수는 없다고 한다.
강요한다고 되는 것이 아니란다.

그러니 토끼처럼 빠른 사람이
적당히 속도를 맞춰주는 것이 옳다고 한다.
토끼와 거북이가 함께 가려 한다면 말이다.

토끼님들!!
부디 거북이님들에게
시간을 주기를…….

가 장 좋 은 약

생활 스트레스 때문에 심리 상담을 받으러 갔다.

"매사에 스트레스 받으면서 정리를 해요."

"왜 항상 정리를 해야 한다고 생각하죠?"

"사람은 언제 죽을지 모르잖아요.
제가 죽었을 때 엉망진창인 제 물건들을
다른 사람들이 정리하게 하는 게 싫어서요."

여러 번 상담을 받았지만
스트레스는 조금도 나아지지 않았다.

그러다 며칠 전
어떤 책에서 나와 똑같은 생각을 읽게 되었다.

"언제 죽을지 모르는 게 인생.
자신의 유품을 가족들이 정리하게 할 것인가."

그런 생각을 나만 하는 게 아니었구나 생각하는 순간
내 고민은 아무것도 아닌 것이 되는 것 같았다.

마음의 병은 남들과 다르다는 불안함에서 시작되는 경우가 많다.

마음이 '이것은 문제다'라고 인식하는 순간
정말 큰 문제가 되기도 하고
정말 커다란 문제일지라도
'이것은 아무것도 아니다'라고 인식하는 순간
정말 가볍게 문제가 해결되기도 한다.

마음의 병에 가장 좋은 약은
'누구나'일지도 모른다.

과 정

뛰어넘을 수 있는 방법은 없다.
생략할 수 있는 방법도 없다.

나는 왜 저렇게 못할까?
자책하고
부끄러워하고
하지 말걸 후회도 하고
적성에 안 맞는 걸까 고민도 하고

어떤 걸 잘하게 되기까지
내 것으로 만들기까지

이 과정을 피해 갈 방법은 없다.

온전히 겪어야 할 과정인 것이다.

모 순

엄마가 배 아파서 낳았는데
생일날 미역국은 내가 먹는다.

대신 공부해줄 것도 아니면서 성적을 물어본다.

소개팅 시켜줄 것도 아니면서 남자친구 왜 없냐고 묻고

대신 키워줄 것도 아니면서 아이는 왜 안 낳느냐고 묻는다.

팀장은 퇴근하라고 하면서 자기보다 먼저 퇴근하면 눈치주고

월급날인데 돈이 없다.

옷은 매년 사는데 매년 입을 옷이 없고

미용실은 자주 가도 머리 모양은 맨날 똑같다.

하느님은 모두를 사랑하신다고 하면서
아무리 좋은 일 많이 해도 안 믿으면 지옥 간다고 하고

세상 달라졌다고 하면서 명절에는 여전히
시댁에 먼저 가야 한다.

모순투성이 세상…….

그리고
나는 욕을 하면서도 그렇게 살고 있다.

엄마
낳아주셔서
고맙습니다.

실 패 의 시 작

내가 어떤 일을 못 하게 된다면
그 시작은 내 입에서 나오는 이 말 때문이다.

"나는 그런 거 잘 못해."

뱉어진 말은
없는 일도 지어내고
기정사실로 만들고
확신을 주기 때문이다.

아 무 도 혹 은 누 구 든

첫사랑이 떠난 후 모든 사람을 밀어냈다.
'아무도' 그 사람을 대신할 수 없을 것 같아서.

그럼에도 불구하고 끊임없이 잘해주고 끊임없이 옆에 있어주어
나도 모르게 기대게 된 사람이 있었다.

만난 지 한두 달이 지났을까?

그 사람은 정말 어렵게 말을 꺼냈다.
한 번 결혼을 했었다고…….

나는 스스로도 너무 쿨하다 싶을 만큼
아무렇지 않았다.
그런데 왠지 모르게 그 사람 표정이 어두워졌다.

아무렇지 않아서는 안 되는 거였다.
정말 그 사람이 좋다면
이혼이 아니라 지나간 사랑에 대해서조차
질투하고 마음 아파야 하는 게 사랑인데…….

'누구든'이 되면 안 되는 거였다.

아무도 안 되거나
혹은 누구든 상관없거나.

뜻 풀 이

"오늘은 밖에 나가서 맛있는 거 사 먹을까?"

〈마누라 사전〉의 속뜻
: '맛있는 것을 먹고 싶다'는 뜻이 아니라
'매일 차리는 밥상, 오늘 하루 쉬고 싶다'라는 뜻.
사실 메뉴는 별 상관없음.

"그냥 라면으로 때우면 안 돼?"

〈남편 사전〉의 속뜻
: 그냥 라면 먹고 싶다는 뜻.

명절이나 모임 때 "밖에서 돈 쓰지 말고 집에서 간단하게 먹자."

〈시어머님 사전〉의 속뜻
: 기본적으로 국은 한 가지 있어야 하고
여럿이 같이 먹을 수 있는 찌개도 한 가지 있어야 하며
김치는 세 종류는 되어야 하고
나물로 숙주, 고사리, 시금치는 있어야 하고
생선구이는 기본이고
잡채도 조금 있으면 좋고
고기 좋아하는 사람을 위해 갈비도 있으면 좋고
아이들이 먹을 수 있게 동그랑땡도 좀 있으면 좋고 등등…….

시댁에서 밥 대신 라면 먹는 날이 과연 올까 생각해보지만
어머님에게 라면은 라면일 뿐⋯⋯.

라면 다 먹었으면
이제 밥 먹자!

내가 만든 것일까?

늘 받아주고 들어주고 이해해주고
남들 귀찮아하는 일,
상대방 시키기 미안해 내가 했을 뿐인데……

언제부터인가 모두 내 일이 되었다.

고마워하는 이도 없고
당연하게 생각하는
내 일이 되었다.
그래도 되는 사람이 되었다.

이런 인간관계,
내가 만든 것일까?

네가 장소랑 시간 정해서
연락 줘. 알았지?

회비 관리는
네가 하는 게 좋겠다.

나 미연이 결혼식
못 갈 거 같아
네가 대신 좀 내주라.
고마워.

30분 늦은 거 가지고
뭘 그래?
항상 아무 말 안 하다가
갑자기 트집이야?

습관

사람들 속에서

똑똑

똑똑

사람이 그리워지는 이유

뽁뽁

찰칵

절충

살면서 넘어야 할 커다란 산이 앞에 보이면
사람들은 두 부류로 나뉜다.

무슨 일이 있어도 넘고 말겠다며 계획을 세우고 노력하는 사람과

나는 어떻게 해도 안 될 거라며 포기하는 사람.

나는?

나는 어떻게 해도 안 될 거라고 투덜거리면서
계획 세우고 준비하는 사람.

그래야…… 실패해도…… 덜 창피하니까……;;

떠밀려온 삶이 아니기를

나는 왜 씻지?
나는 왜 먹지?
나는 왜 그리지?
나는 왜 신경을 쓰지?
나는 왜 결혼을 하지?
나는 왜 열심히 일을 하지?

왜 그래야 하지?

당연하다고 생각하는 모든 것들…….
사실은 어느 것 하나 내가 선택하지 않은 것이 없다.
모든 선택에는 책임이 따른다.

가끔 삶이 무겁게 느껴지는 이유는
어느 것 하나 내가 선택한 것도 아니고
선택한 적도 없는 것 같은데
그에 대한 책임을 져야 하기 때문이다.

그러니 작은 것 하나부터 스스로에게 물어보자.
나는 왜 이것을 선택했지?

이 세상 흐르듯이 산다고 해서
내가 선택하지 않은 것은 하나도 없다.

당신의 삶이
그저 떠밀려온 삶이
아니기를…….

엄 마 마 음 2

"나도 이제 백발이다.
낼모레면 칠순이네. 에휴……."

엄마 말에 막내딸이 대답했다.

"엄마, 난 마흔이다.
요즘은 정수리에 흰머리가 너무 많이 나서
염색하고 다닌다.
눈가에 잔주름도 생기고 뱃살도 나오고
머리도 빠져서 횡하다."

본인이 칠순 되는 것보다
막내딸이 마흔 살이라는 게 더 충격인 우리 엄마.

엄마 눈에 난 항상 스물다섯 살이란다.

항상 걱정을 싸안고 사는 막내가 말한다.
"늙어서 혹시 남편이 먼저 가고 나 혼자 남게 되면 어쩌지?
맨날 아프고 치매라도 걸리면 어떻게 해?
돌봐줄 사람도 없고……."

엄마가 말한다.
"엄마가 오래오래 살아서, 우리 막내보다 더 오래 살아서
우리 딸 병수발도 다해주고 염색도 해주고
먹여주고 재워주고 다 할 테니까

걱정하지 마라. 알았재?"

문득
우리 엄마한테도 그런 말 해주는 엄마가 있었을 텐데,
엄마는 그런 엄마 참 많이 보고 싶겠다, 생각이 들었다.

이런 말 해주는 울 엄마 없으면 나는 어떻게 살까.

이런 날이 올지도……
장수 만만세~

작은 용기

연예인들의 전직 직업 이야기가 재미있다.

성우 출신 한석규 씨.
광고회사 직원이었던 지진희 씨.
환풍기 설치 직원이었던 허각 씨.
동사무소 직원이었던 김남주 씨.
이종 격투기선수 트레이너였던 마동석 씨.

"작은 용기의 부족으로 많은 재능들이 사라지고 있다"라는 말이 있다.

우리 중에는 분명히 그림을 한 번도 그려보지 않았지만
피카소의 재능을 지닌 사람도 있을 것이고,

피아노를 잘 못 칠 것 같아 배우지 않은
모차르트도 있을 거라고 생각한다.

열두 곳의 출판사에서 거절당한 조앤 K. 롤링이
열세 번째 용기를 내지 않았다면
우리는 해리 포터를 만나지 못했을 수도 있을 것이다.

연예인이나 유명인이 되어야 한다는 말은 아니다.
단지

당신의 숨은 재능을
작은 용기가 없어 포기하지 않기를 바란다.

연기에 소질을 가진
제빵사

작곡가가 되었어야 할
카페 매니저

요리사가 되었어야 할
고시 준비생

글 쓰는 작가가 되었어야 할
초등학교 교사

화가가 되었어야 할
수의사

정치가가 되었어야 할
야구선수

바리스타가 되었어야 할
카피라이터

한 번만
하는 법

나는 웬만하면 오늘 할 일을 내일로 미루지 않는다.
오늘 하기 싫은 일이
내일 하고 싶어질 가능성이 없기 때문에…….

오늘 하면 한 번만 하면 될 텐데
내일로 미루면

미루는 동안 머릿속으로는
수십 번 그 일을 반복하게 될 것이다.

그 림 이 늘 었 을 까 ?

13년 동안 한 가지 캐릭터로 한 가지 스타일의 그림만 그리다가
처음으로 다양한 스타일의 그림들을 그려보기 시작했다.

그걸 본 친구는 그림이 늘었다고 하고
나는 이제야
새로운 걸 그리고 싶은 여유가 생겼다고 말한다.

하늘이 아무리 예뻐도
고개 들어 하늘을 볼 마음의 여유가 없으면
소용이 없는 것처럼…….

닦지 않은 안경처럼

초등학교 들어가면서부터 지금까지 쭉
안경을 쓰고 있다.
잠을 잘 때는 쓰지 않으니
꿈이 흐릿해 보이는 걸까 하는 생각마저 들 정도다.

늘 안경을 쓰는 사람은 서서히 쌓이는 먼지를
자각하지 못할 때가 많다.
그러다 안경에 잔뜩 낀 먼지를 닦고 나면
미세먼지도 없어 보이고 날씨도 좋아 보이고
비오는 날이라 해도 물방울마저 투명하게 느껴져
기분이 좋을 때가 있다.

분명히 세상은 그대로인데 말이다.

사람의 마음도 마찬가지가 아닐까?

나 자신이 언제부터인가
마음에 서서히 쌓이는 먼지를 자각하지 못하고
세상이 더러워, 세상이 무서워, 부정적으로만 보는 것인지도.
그럴 때일수록 잊지 말고
우선 내 마음을 먼저 닦으면 어떨까?

세상은 보이는 것보다 괜찮은 곳일지도 모른다.

너희들은 염소가 얼만지 아니
몰라 몰라
아프리카에선 염소 한 마리
4만 원이래. 싸다!

하루에 커피 한 잔 줄이면
한 달에 염소가 네 마리
한 달에 옷 한 벌 안 사면
여기선 염소가 댓 마리

- 옥상달빛의 노래, 〈염소 4만 원〉

나에게 필요한 것들이 자라는 나무

여기 내가 필요한 것들이 자라나는
나무 한 그루가 있습니다.
지금 나에게 필요한 것들을 적어보세요.

아님 말고

쓸데없이 생각만 많아서
행동할 수 없을 때
이렇게 생각하자.

아님
말고

나의 성공

IMF 직후 첫 직장에 들어갔다.
월급 30만 원을 받고 6개월의 인턴 시절을 보냈다.
혼자 서울에 올라와 옥탑방 방세 15만 원을 내고
나머지 15만 원으로 밥값과 교통비를 감당했던 그때.
정말 티셔츠 한 장 살 돈이 없던 그때.

받으면 꼭 갚아야 하고 빚지는 거 싫어하는 내 성격에
참 많이도 받고 살았다.

선배 언니는 아주 친하지도 않았던 내게
두 달 동안 같이 살 수 있게 선뜻 자기 방 절반을 내주었다.
혼자 살면서부터 한 번도 챙겨본 적 없던 내 생일에
친구 엄마는 미역국을 끓여주셨다.

받기만 할 뿐 밥 한 번 살 수 없었던 그때
나는 참 스트레스를 많이 받았다.

그 시절 내가 생각했던 성공은
그것뿐이었다.

고마운 사람에게 돈 걱정하지 않고
밥 한 끼 사줄 수 있는 것.
그것이 성공이었다.

나는 성공했다.

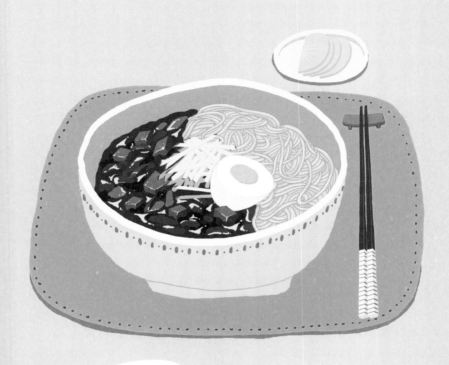

없 어 서 다 행

내 나이 스물여덟 살, 남자친구 나이 서른에
우리는 결혼이란 걸 했다.

나는 그때 빈털터리였다.
당시 다니던 직장에서 한동안 월급도 받지 못한 탓에
마이너스 통장으로 생활했다.

남자친구의 집도 넉넉하지 않았고 우리 집은 가난했기에
혼수나 예단 같은 것도 따로 하지 않았다.

그래도 그때 참 행복했다.
살림살이도 살아가면서 천천히 구입했다.
둘이 손잡고 이번 달에는 냉장고를 사러 가고
다음달에는 그릇을 사러 남대문시장에 갔다.

큐빅이 박힌 10만 원대 결혼반지 외에는 다른 패물을 사지 않았다.
나는 결혼하고 13년 동안 그 반지를 한 번도 뺀 적이 없다.

결혼을 앞둔 친구가 얼마 전에 고민을 털어놓았다.
집 문제, 혼수 문제로 힘들다고, 결혼도 그만두고 싶다고.
친구에게 아무 말도 해줄 수 없었다.
그저 속으로 생각할 뿐이다.

"우리는 없어서 참 다행이었구나……."

Wedding Cake

우리 결혼합니다!

Wedding ling

HOME

Honeymoon

그래도 나는

넘치는 감정들 때문에 피곤하고
넘치는 말들 때문에 후회하고
넘치는 사랑 때문에 집착하고
넘치는 호기심 때문에 집중하지 못하고
넘치는 후회 때문에 시작하지 못하고
넘치는 생각 때문에 행동하지 못한다.

넘치는 것들은 늘
부족한 것보다 못하다.

그래도 나는 한 번 살다 가는 인생
넘치게 살다 가고 싶다.

저는 늘 넘치는 감정 때문에 피곤하답니다. 눈물도 많고 잘 놀라고 겁도 많고 걸어 다닐 때는 이상한 상상하느라 바로 앞에서 아는 사람이 손짓을 해도 잘 몰라요. 눈도 많이 나쁜데 딴생각까지 많아서 선배들한테 인사 안 한다고 욕도 많이 먹었죠. 넘치는 건 늘 모자란 것만 못하지만 그래도 저는 넘치게 살라고 말하고 싶어요. 법에 어긋나는 것만 아니라면 다~~~ 해보라고 말하고 싶어요.

술을 많이 마셔서 필름이 끊기는 경험도 해보고, 노을이 예뻐서 눈물도 흘려보고, 맘에 드는 골목이 보이면 모르는 지하철역에서 내려도 보고, 정말 흥분해서 친구와 절교도 해보고, 내가 먼저 사과도 해보고, 사랑하는 사람에게 매달려도 보구요. 후회할지언정 다 해보고 넘치게 느껴보라고 말하고 싶네요. 두 번, 세 번 살 것도 아닌데 한 번 사는 인생, 너무 누르기만 하고 살기에는 아깝잖아요. 후회할 때 하더라도 용기를 내세요!!

소 심 한 작 가

가끔은 내가 뱉은 말들과
내가 책에 쓴 내용들이 나를 짓누를 때가 있다.
나는 그렇게 말해놓고
나는 그렇게 살지 못하고 있다는 걸
사람들이 알면 실망할까?

언니가 말한다.

"사람들은 생각보다 너에게 관심이 없어.
또 네 책을 읽은 사람들이 내용을 기억하고 있을 거라는
생각부터 버려.
너는 예전에 읽었던 책을 책장에서 한 권 뽑아서
무슨 내용이었는지 물으면 기억해?"

어떡하지?

기억이 날 것 같다.